共和国的历程

剪敌肃边

中缅联合打击国民党越境窜扰残军

周宝良 编写

蓝天出版社 吉林出版集团有限责任公司

图书在版编目（CIP）数据

剪敌肃边：中缅联合打击国民党越境窜扰残军 / 周宝良编写. —北京：蓝天出版社，2014. 1（2023.3重印）
（共和国的历程）
ISBN 978-7-5094-1074-5

Ⅰ. ①剪… Ⅱ. ①周… Ⅲ. ①革命故事－作品集－中国－当代 Ⅳ. ①I247. 8

中国版本图书馆 CIP 数据核字（2013）第 305428 号

剪敌肃边——中缅联合打击国民党越境窜扰残军
编　　写：周宝良
策　　划：金永吉　荆忠峰
责任编辑：祖　航　梅广才
出版发行：蓝天出版社　吉林出版集团有限责任公司
地　　址：北京市复兴路 14 号
邮　　编：100843
电　　话：010—66983715
经　　销：全国新华书店
印　　刷：北京柏玉景印刷制品有限公司
开　　本：710mm×1000mm　1/16
字　　数：69 千
印　　张：8
版　　次：2014 年 4 月第 1 版
印　　次：2023 年 3 月第 3 次
定　　价：29. 80 元

前　言

中华人民共和国自 1949 年 10 月 1 日成立以来，已走过了六十多年的风雨历程。历史是一面镜子，我们可以从多视角、多侧面对其进行解读。然而有一点是可以肯定的，那就是，半个多世纪以来，在中国共产党的领导下，中国的政治、经济、军事、外交、文化、教育、科技、社会、民生等领域，都发生了深刻的变化，中国人民站起来了，中华民族已屹立于世界民族之林。

这段时间放到整个历史长河中是短暂的，有如弹指一挥间，但它带给中国的却是极不平凡的。六十多年里神州大地经历了沧桑巨变。从开国大典到 60 年国庆盛典，从经济战线上的三大战役到经济总量居世界前列，从对农业、手工业、资本主义工商业的三大改造到社会主义市场经济体制的基本确立，从宜将剩勇追穷寇到建立了强大的国防军，从废除一切不平等条约到独立自主的和平外交政策，从"双百"方针到体制改革后的文化事业欣欣向荣，从扫除文盲到实施科教兴国战略建设新型国家，从翻身解放到实现小康社会，凡此种种，中国人民在每个领域无不留下发展的足迹，写就不朽的诗篇。

六十几年在历史的长河中犹如沧海一粟，但对身处其间的个人却是并非无足轻重的。其间究竟发生了些什么，怎样发生的，过程怎样，结果如何，非人人都清楚知道的。对此，亲身经历者或可鲜活如昨，但对后来者却可能只是一个概念，对某段历史的记忆影像或不存在或是模糊的。基于此，为了让年轻人，特别是青少年永远铭记共和国这段不朽的历史，我们推出了这套《共和国的历程》。

《共和国的历程》虽为故事形式，但与戏说无关，我们是想借助通俗、富于感染力的文字记录这段历史。这套丛书汇集了在共和国历史上具有深刻影响的重大历史事件。在丛书的谋篇布局上，我们尽量选取各个时代具有代表性的或深具普遍意义的若干事件加以叙述，使其能反映共和国发展的全景和脉络。为了使题目的设置不至于因大而空，我们着眼于每一重大历史事件的缘起、过程、结局、时间、地点、人物等，抓住点滴和些许小事，力求通透。

历史是复杂的，事态的发展因素也是多方面的。由于叙述者的视角、文化构成不同，对事件的认知或有不足，但这不会影响我们对整个历史事件的判断和思考，至于它能否清晰地表达出我们编辑这套书的本意，那只能交给读者去评判了。

这套丛书可谓是一部书写红色记忆的读物，它对于了解共和国的历史、中国共产党的英明领导和中国人民的伟大实践都是不可或缺的。同时，这套丛书又是一套普及性读物，既针对重点阅读人群，也适宜在全民中推广。相信它必将在我国开展的全民阅读活动中发挥大的作用，成为装备中小学图书馆、农家书屋、社区书屋、机关及企事业单位职工图书室、连队图书室等的重点选择对象。

编　者
2014 年 1 月

七、中缅边境归于安宁

一、 云南全境剿匪

● 邓小平代表西南局在批复中指出云南面临三
个重大问题：国防问题、民族问题和土匪
问题。

● 素有"飞毛腿"之称的我军一一四团，奉命
从文山出发，对金绍云匪部进行围歼。

● 陈赓说："不出三个月，必将这个反革命家
伙打死或者抓回来交人民审判。"

云南面临严重匪患

1949 年 12 月 9 日 22 时整，一个震惊世界的消息从位于五华山光复楼内的电话总机发向了全国——云南起义了！云南和平解放了！

云南地处祖国的西南边陲，有 27 个县、市分别与缅甸、老挝、越南接壤，国境线长达 4000 余公里，有 10 多个少数民族在国境线上跨境而居，是一个民族众多、地形地貌复杂多样的边疆省份。

云南历史上由于反动统治阶级的残酷压迫、挑拨离间，使民族之间矛盾重重，纠纷不断。

国民党败逃大陆前夕，曾派遣大量匪特进入少数民族聚居地区，利用土司头人的戒备心理不断挑起民族矛盾，煽动闹事。

这些潜藏的匪特按照国民党事先制定的"总体战"进行流窜破坏。

短短时间内，不少地区暴乱频起，由于人数多、范围广、突发性强，更由于事关民族政策，所以这里的剿匪工作变得十分艰巨。

解放前，云南土匪之多，在全国出了名。那时，边远地带有匪、平坝地区有匪、交通要道有匪，就连省城昆明也有匪。

流落于民间和非法武装掌握的枪支数量惊人。据不完全统计：流落于滇南的有7万余支，滇西1.5万支，轻重机枪500多挺，边疆土司有枪2.3万支。

这直接威胁着政府和人民生命财产安全。

民国初年，为害滇南一带的土匪吴学显趁机作乱，烧杀掠抢、霸占田产、血洗过往客商。

面对匪患，云南军阀唐继尧妥协让步，将土匪收编为国军。长期为害滇南一带的匪首吴学显被委任为第一游击支队队长，派往干海子驻防。

这些土匪匪性难改，收编不服管，所到之处依然为所欲为，搅扰得百姓不得安宁。

后来，吴学显因为在反动势力的争斗中为一方立了功，被委任为元武江防司令，许多土匪队伍也被调入昆明。一时间，土匪在昆明城内四处摆赌摊、烧杀掠抢、强奸妇女，无恶不作。

其中有一个制造假钞被处决的土匪叫蒋楦，因与军阀结仇，心底不服，发誓此仇不报非君子。几经奔波，蒋楦投奔匪首吴学显当上了"谋士"。

蒋楦为吴学显出谋划策，制造了大批假钞运回云南。

云南头年刚发行了新的5元大钞，不到半年，市面上就流通起5元假钞。

一时间以假乱真，新发行的云南5元钞信誉一落千丈。

土匪吴学显用假钞购买军火，势力逐步扩大，西犯

云南全境剿匪

003

通海、南掠石屏、东攻蒙自，滇南许多地方被这帮土匪搅得鸡犬不宁。

继吴学显之后，横行于滇南一带的禹发启、杨友堂、龚铁匠、王文光、周国兴、彭万友、王次东、杨松林、李小洪、陈光保等土匪头子继续作乱，虽经几次清剿，但一直没有根除。

还有以劫持外国人进行敲诈勒索的惯匪杨天福，仗着地理人熟，将队伍拉进大山玩"捉迷藏"，曾经把国民党官军拖得人困马乏，最后不了了之。

解放军第四兵团进驻云南后，司令员兼政委陈赓便要求指战员当好"第一批宣传者和执行者"，在民族地区工作要"慎重稳进"，要牢记三句话："宜缓不宜急；一定要讲团结；当前要反'左'。"要很好地贯彻中央提出的"团结第一，工作第二"的方针。

1949年年底，溃逃到境外的国民党军残部和云南境内的土匪在边境地区大肆破坏捣乱，气焰十分嚣张。

同时，因当地群众曾受"共革盟"的恶劣影响，人心也比较混乱。

那是在1949年，"共革盟"曾经派人潜伏保山，以组织形式发展武装，几个月之间就达到几万人。

在这些人当中，混入了大量地主、恶霸、旧军官、土匪特务、流氓、地痞，以及大量抗日战争期间留下来的外省人，因违法乱纪，损害群众利益，后被卢汉派省保安团余建勋先"招安"后镇压，不久便迅速土崩瓦解了。

1950 年 2 月，人民解放军进驻保山后，当地匪特、地主便大肆造谣说我军就是当年的"共革盟"，又说美国已经在朝鲜发动了第三次世界大战，东三省已被原子弹炸成了一片焦土，共产党的日子不会长久，和"共革盟"一样，只是"昙花一现"，等等。

当地匪特、地主还与投机粮商一起，囤积居奇，有意控制市场，使保山城形成有市无粮的局面，群众极其恐慌。

为了解决燃眉之急，解放军四十一师党委组织粮食工作队进行集训、学习，并组织人员征收粮食，解决军需民食和支援解放西藏。

与此同时，解放军驻剿部队着力打击地主的经济势力，重点打击对象是地主中的大粮户。

解放军的一支征粮武工队进驻七区后，遭到当地地主的疯狂破坏和抵制，不少地主躲起来不露面。

征粮武工队便发动地下党员、区乡干部和学校师生去催促，地主就在公粮中大量掺沙子、石头、水进行破坏。

白天收到的粮食，晚上匪特们就来抢劫。匪特与地主相互勾结，十分猖狂，还杀害了多名征粮干部、战士。

在这样复杂的情况下，建设国防、巩固边疆的任务显得十分艰巨。

1950 年 4 月，云南省委向西南局书面请示关于边界地区的工作方针问题。

邓小平代表西南局在批复中指出：云南面前摆着三个重大问题，即国防问题、民族问题和土匪问题。这三个问题密切联系，互相交错。他还指出："核心是民族问题，只有解决民族问题，才能解决国防问题和土匪问题。"这就为云南省委提供了一把解决问题的"金钥匙"。

后来，邓小平同志进一步指出："有了民族团结，就有国防，没有民族团结就没有国防。"

云南省委根据邓小平同志的批示，提出了"团结起来，共同对敌，联防自卫，防匪保家"的工作方针。

军队和地方派出了3000多人的民族工作队，深入民族地区开展"做好事，交朋友"活动：一方面，疏通民族关系，宣传党的民族政策，边防军和各族民兵实行联防；另一方面，加紧剿匪，清除匪患，安定边疆人民的生产生活。

消灭"小台湾"匪帮

1950 年 5 月,素有"飞毛腿"之称的我军一一四团,奉命从文山出发,对在江川、通海、晋宁、华宁地区作乱的金绍云匪部进行围歼。经过 28 日、29 日两场激战后,金绍云匪徒大部分被我军歼灭。

金绍云带领残部 300 多人,偷渡抚仙湖,占领孤山岛,占山为王,伺机东山再起。

抚仙湖是一座淡水湖,水质澄清、一碧见底。湖的西南水域矗立着一个峥嵘多姿的孤岛,群众叫它"小孤山"。孤山岛是抚仙湖中唯一的岛屿,其外形恰似一头浮游在烟波浩荡中的鲸鱼。这个岛高出水面近 40 米,四围悬崖绝壁环立,地势十分险峻。

金绍云把孤山称作云南的"小台湾",妄想依仗山孤水深,顽抗下去。他们白天修筑工事,晚上龟缩在岛上的石洞里,负隅顽抗。

为了歼灭这股顽匪,云南省军区命令中国人民解放军昆明警备师师长周学义和玉溪军分区司令员黄建涵指挥老红军团一〇九团、师山炮连和一一六团,以及玉溪军分区独立第一营、第二营,于 9 月 2 日追至抚仙湖边,封锁湖岸。

9 月 2 日拂晓,周学义率领红军团和三十七师炮兵部队由昆明出发，经晋宁抵达抚仙湖西岸的大马沟、大沙咀、牛摩村一带，与原来跟踪追击过来的一一六团、玉溪军分区独立团等部队会合。在周学义师长统一指挥下，各部队迅速展开，发动群众了解匪情，封锁湖岸，占领制高点和交通要道，堵死了金绍云股匪可能逃跑的一切道路。同时，组织突击队，打捞沉船、征集船只，展开湖上练兵活动，着重训练上下船动作，水上队形，划船技术，水上射击等，为渡湖作战做好一切准备。

9月8日凌晨，进攻"小台湾"的时刻到了。突击队健儿们登上木船，摆开了进攻阵势；炮兵分队在发射阵地标定了射击目标；担任警戒、堵击任务的部队，也准时到达了指定地点待命。

许多参战的民兵和水手，争相为突击船划桨掌舵。那个被土匪害得家破人亡的胡大爷，更是非划第一船不可，他对解放军说："我要亲自为我死去的亲人报仇！"

战士们亲切地对他说："大爷，您年纪大了，不要去啦！您的仇就交给我们报吧！"

总指挥周学义也来劝胡大爷说："老人家，如果您真是非去不可，那就为我的指挥船掌舵吧！这也是个艰巨的任务呀！"

胡大爷这才答应了总指挥的要求："那好吧！我保证把你们送上小孤山。"

黎明前的天阴沉沉的，黑得伸手不见五指，又飘落着毛毛细雨。进攻是从炮击开始的，霎时间，炮弹呼啸，黑色的天空划出一道道白光。山炮、迫击炮的炮弹带着湖区人民的仇恨向敌人射去，倾泻在寂然无声的孤山岛上。排列在湖岸上的30挺重机枪也喷射出火舌。小孤山岛顿时浓烟滚滚，烈火腾腾，把抚仙湖映成了一片火海。

随着呼啸的炮弹和雨点似的子弹，一〇九团团长顾永武指挥24只战船，像离弦的箭，向孤山飞驰而去。四连长秦得旺第一个扑向岸边，指挥战士把成捆的手榴弹扔向敌人，很快就突破了第一道防线。

感到大难临头的土匪慌了手脚，他们丢下10多具尸体，拼命向主峰阵地逃去。

顾永武带领突击队不给敌人喘息的机会，一鼓作气，立即攻击主峰。可是通向主峰的唯一小路，狭窄陡峭，杂草丛生，加上敌人设置的重重障碍物，很难攀登。

金绍云在峰腰构筑了防御工事，建立了第二道防线，所配置的火器已严密地封锁了小路。负责把守第二道防线的是匪团长宋秉宽。这时他正带领着90多名匪徒，发誓要与我军战斗到底，声称要与小孤山共存亡。

我四连战士刚一发起进攻，便受阻于山脚之下，而且有10多名战士负伤。

鉴于这种情况，我方部队很快改变进攻战术。让四连佯装强攻吸引土匪火力，一连和九连利用悬崖下的射击死角，用绳子、木梯攀崖而上，出其不意地绕到土匪后面，枪弹齐射，一阵猛打。

敌人正集中火力加强正面防御，做梦也没想到我军

会从两翼侧攻上去。当我突击部队从两翼突然出现时，敌人猝不及防，被我火力打倒了一片。正面攻击的四连连长看见敌人乱跑乱窜，便率领战士从前面乘虚猛攻，迅速突破了敌人的第二道防线。

占领第二道防线后，三支突击队会合在一起，稍加整顿，又立即发起了对小孤山主峰的进攻。战士们密切配合，互相支援，顺利地通过了山上一片开阔地，向主峰上的破庙进攻。

一时间，孤岛顶峰到处响起："缴枪不杀！活捉金绍云！"的喊杀声，匪徒们纷纷跪地投降。

就这样，三个突击连经过激战，一举攻克了全岛。

我军占领孤山岛后，在俘虏和敌人的尸首中都没有发现金绍云的影子。在这四面环水的孤岛上，这家伙能跑到哪里去呢？

渔民胡大爷从匪窝中找到了被土匪绑架的儿子。从胡大爷儿子的口中得知，原来，就在部队刚上岛时，金绍云就把自己的老婆和儿子打死，坐上了一条自己早已准备好的小船，带着几个随身保镖逃走了。

顾团长获此消息后，立即通知沿湖和湖上巡逻队加强搜索追捕匪贼。为了确保活捉金绍云，他自己上船和警卫人员一起追捕。

战至上午，雨过天晴，万里无云，我军追捕船队很快就发现抚仙湖湖面有一个小黑点。顾团长当即命令六连前往侦察。六连连长赵成昌奉命指挥船只火速靠近该船，当确定是匪船后，便加紧追捕。

顽固不化的匪徒，不但不投降，反而疯狂地向我军射击。被激怒的战士一起开火，匪徒一个个栽到湖里。突然间，匪船平静下来，从船舱里冒出一个凶恶的大个子，端起机枪疯狂地向我军射击。

"金绍云，他就是金绍云！"

"抓活的，不要打死他。"顾团长大声地喊，叫战士停止射击。顾团长命令战士们："你们一定要抓活的，交给人民公审，以祭奠被他杀害的烈士。"

赵成昌指挥船只靠近金绍云的船，不料金绍云拿着手枪突然跳进抚仙湖。浑身是胆的七班长李文学还来不及报告，便翻身跳入水中。搏斗当中，抓住金绍云的头发把他提出水面，不等他喘气，又把他按到水里。金绍云连喝了几口水，终于被制服了。

孤山战斗，我方战士先后击毙击伤匪徒20多名，生俘"滇中反共独立师"师长金绍云、第三团团长宋秉宽、第四团团长赵康云等匪徒76名。武器除了被土匪丢入湖中的外，缴获轻机枪3挺，长短枪80多支，望远镜1架。

玉溪地区的剿匪工作取得了重大的胜利。

云南全境剿匪

抓捕叛匪王耀云

就在解放军向"小台湾"的金绍云匪帮进行攻击的同时，我人民解放军又对另一股土匪王耀云展开了进攻。

王耀云是金绍云的同乡，两人经常来往，关系十分密切。王耀云到达江川后，便背着我军代表暗地召开军官秘密会议，多次与金绍云一起策划叛乱。

4月28日，王耀云终于下了毒手。这天深夜，王耀云命令团警卫排偷偷闯入军代表的驻地抢走了武器，又把军代表全部捆了起来，然后强行拉走了部队。当叛军到达业家山村后洞子沟时，王耀云下令把军代表以及江川县委副书记黄河清等20人全部杀害。

为了摆脱解放军的追击，王耀云带领全团1000多人，向昆阳、易门、峨山交界地区逃窜。

6月上旬，王匪窜至新平县约湾、期克地区，遭到我军第一一六团和一一四团两面夹击。激战了一天，我军击毙土匪300多人，活捉200多人，其他匪众不得不丢下武器，钻进山林逃命。王耀云带领残部200多人，分路渡过夏缅江，进入冬瓜岭的大平掌，与李崇安的匪部合流，打起"云南人民抗共军"的旗号，继续残害人民。

陈赓司令员对王耀云的叛变和屠杀人民的罪行十分震怒，他在云南省党、政、军干部大会上说道："不出三个月，必将这个反革命家伙打死或者抓回来交人民审判。"

剿匪部队第一一五团和第一一六团一营，执行陈赓的命令，进入大平掌地区，多路合围王耀云、李崇安匪帮。被围匪众在我军强大政治攻势之下，纷纷投诚，使匪首王耀云、李崇安等人陷入孤立，不得不分散躲藏在山里。我军发动群众，仔细搜查匪首。

8月21日，大平掌有个姓马的老大爷向我军报告："豆峰山上有四匹军马，可能是土匪头子的。"

一一五团七连立刻奉命前往豆峰山搜索，果然发现土匪。在山谷小溪击毙一名土匪后，又接着搜索。

六班长带领全班爬上陡岩时，在草丛里摸到一个人头，立即用冲锋枪抵着这个脑袋高喊："不准动，动就打死你！"

两名战士冲上去将此人捆起来。一审问，原来正是大匪首王耀云。

在同一天里，七连的另外一个班又捕获了另一个匪首李崇安。

9月18日，在玉溪城召开了4000人公审大会，宣布判处王耀云死刑，立即执行。顿时，整个会场发出欢呼声：

"打倒叛匪王耀云！解放军万岁！"

彝族土司匪首投诚

云南楚雄的匪乱，是云南少数民族匪患最为严重的地区之一。

1950 年 4 月的一天夜晚，在楚雄盐丰的一座彝族土司官寨里，昏暗的灯火摇曳出两张诡秘的面孔。

身披黑色斗篷、腰挂"盒子炮"的彝族土司普光才正恭敬地将一块肥硕的"坨坨肉"敬奉给藏匿于此的国民党中将特务范宇舟。

这位颇有点嘴上功夫的中统特务正按上峰布置的"应变计划"，努力游说，策动彝族土司叛乱。

4 月底，盐丰彝族土司普光才，在特务范宇舟策动下，组成"滇西青年抗粮军"，下辖一个师，三个团，约1000 人。他们杀害了新政府征粮队员和工作人员 20 余人后，哄抢了数十万斤征购粮。

在普光才的匪乱大旗下，楚雄地区匪患不断爆发。国民党退役营长杨永寿和广通县盐警队长汤固，勾结地主恶霸势力，组成"中国义勇救国军"，约有 1000 人，成为普光才匪部的又一支骨干力量。

滇西的 5 月，赤日炎炎，暑热难熬。

解放军——八团接到师部的命令，由团参谋长王争率领一、二营奔赴楚雄，执行剿匪任务。

5月5日黄昏，一一八团顺利抵达楚雄。此时，部队已十分疲劳，可是连吃饭和休息不过4个小时，又直奔广通。

广通是位于成昆路上的一处大型交通驿站。黑夜里，通向广通的山路十分陡滑。剿匪部队仅用了6个小时就走了40多公里路程，到第二天清晨，部队悄然潜到广通城外。土匪们还浑然不觉。

等到发起攻击，在一阵枪弹声中，土匪们才如梦初醒。土匪零乱的队伍七拼八凑赶到城墙隘口，却被解放军的火力压得毫无还手之力。土匪们意识到遇上了解放军的正规部队，稍事抵抗后，在一片惊慌声中，便丢下了40余具尸首，落荒而逃了。

残匪普光才和杨永寿逃往城北30余里外的凋翎山。我剿匪部队乘胜直捣凋翎山。当我军到达时，普光才带着少数匪徒悄悄离开了匪队，其余大小匪徒包括杨永寿在内全部被抓捕了。

5月28日，有群众报告，普光才躲在盐丰县花乡的一座山上。

解放军一一八团机枪连奉命搜索围剿普光才残匪。经过几天的政治争取，普光才老婆被说服了，答应上山劝说普光才投降。

普光才由于惧怕被清算，决定先让40多名骨干下山自首，看看解放军如何处置。

剿匪部队听说敌人投降了，当天中午，一一八团参

云南全境剿匪

015

谋长王争顶着烈日，亲自到山下迎接，却不见土司普光才。

投降匪徒说："普土司害怕解放军。他讲，所有的人都会受到宽大处理，唯独他不会。"

"那他到哪儿去了呢？"王争急忙问。

"他带了一个贴身娃子（奴隶）往佤族寨走了。他让大军不要找他，他不会再干坏事了。"

"不行，一定要找到普土司，找不回人，一一八团的剿匪就不能算全胜。"王争斩钉截铁地对大家说。

说完，王争带着两个连翻山越岭地去寻找普光才。

佤族主要分布在滇西南一带和缅甸、老挝境内，保留有许多古朴雄浑的民族文化，但解放前的阿佤山区盛行一项原始落后的习俗——祭鬼节。

每到春华秋实或遇有旱涝天灾，佤族便会举行盛大法事，将外族人或仇家抓来，当众"砍头祭鬼"，期望风调雨顺。直到1956年，毛主席听说后，在北京接见佤族代表岩波时劝道："我看'祭鬼节'上用人头祭鬼，能不能改一下？比如用牛、羊之类的作替代。"岩波回到佤族山寨，传达了毛主席的劝告，这个习俗才被废除。

1950年6月的一天，大坡村过起了"祭鬼节"。佤族小伙轻衣简装，腰别砍刀，表演着上刀山、下火海、摸油锅；姑娘们则着节日盛装，吟唱着怪异的神曲。就在这时，普光才带着贴身娃子跌跌撞撞地闯进了村庄。受佤族祭鬼节的吸引，普光才也挤入人群看起来。

主持祭鬼的法师正愁找不到人头来祭神，忽见两个神色慌张的家伙钻入了观看队伍，心里就有了主意，决定拿他们开刀，就把他们抓了捆绑起来。

三天后，大坡村佤族神庙里，巫师涂着大花脸，焚香告庙。佤族人齐聚庙前，个个凝神屏气。一番法事过后，巫师站了起来，清了清嗓子，就要宣布杀头的号令。

普光才两人顿时筛糠般颤抖起来，他们绝望地闭上了双眼。

就在千钧一发之际，只听一声"刀下留人"，解放军潮水般冲进了神庙。领队的正是王争参谋长，他说："佤族父老乡亲们，千万不要用他们的人头祭鬼。彝族和佤族是亲兄弟、亲姐妹呀！"

经过苦口婆心的说服，佤族人终于答应放还普光才二人。

"我……我向大军……投诚。"普光才悲喜交加，拉着王争的手热泪直流。

发动群众鸡足山剿匪

1950 年 5 月下旬，解放军十四军一一九团接到任务：到鸡足山剿匪。

敌人以鸡足山为中心，大概有 1700 多人组成了"云南人民救国军洱海纵队"，王梓才自任总司令，他是宾川县的大地主，再加上宾川县长阎德成土匪（以前由他指挥），杀了我们二十几个工作队员和基层干部。

解放军得知情况后，迅速调集部队，除原驻宾川的一一九团一营，又增调一一九团五连、六连和一二六团的七、八连，与一二四团教导队组成武工队，再加十四军工兵营两个连，四〇师工兵连一部，组成宾川地区剿匪委员会，由时任十四军一一九团团长原金锁统一指挥。

解放军开展群众调查，摸清了混在群众中的土匪。在调查过程中，解放军遇到最大的一个问题就是，刚开始群众不相信解放军，怕遭土匪打击报复，不仅不给解放军提供情况，反而还给土匪送饭送水送情报。

于是我们只有想办法走群众路线，主动接近群众，帮助打扫卫生、看病、搞宣传等。终于有群众说出了王梓才隐藏的地方。

不到半个月，土匪头子王梓才就被一二四团抓住了，交给三连看守，将他关在一个很普通的房间里，不像监狱那么严密，他便趁机逃跑了。

后来三连又抓住了王梓才，他又趁机逃脱了。

经过一段时间，发动群众起了效果。

部队白天帮助群众劳动，晚上到各山村作宣传。

群众觉悟逐渐提高了，有的群众开始向解放军报告土匪的情况，部队也通过群众向土匪作宣传、讲政策。

就这样，有的土匪自觉交枪，陆续自首了。

后来，解放军对鸡足山地区实行包围，进行拉网式的搜索，俘虏了大部分土匪。还有一部分土匪跑到鸡足山上躲起来。在鸡足山剿匪的难度很大，山大林密。山上有几十座寺庙，为了保护这些寺庙，部队规定不许丢手榴弹，不许打枪，寺里的和尚感觉到解放军是正义的，也帮助解放军，一有情况都来报告。

有一天，几个土匪到寺里要和尚给他们做饭吃，有一个和尚出来报告解放军，二连就去了一个班把土匪消灭了。剿匪结束了，寺庙得到保护，群众也发动起来了，都拥护解放军了。

王梓才看到这些非常不利于他躲藏，他走投无路，只好乖乖地投降了。

广西战役结束以后，部队就向云南进军，到了昆明就搞入城式。当时部队在巫家坝驻扎，因为行军打仗衣服都很脏了，就休整了一天一夜洗衣服，脏衣服都洗干净了。

部队搞了一个动员，大家全部集中在一个村庄，交

云南全境剿匪

代进城的注意事项，要求把军队的作风表现出来，不能见了老百姓什么礼貌都不讲，老百姓希望看到解放军的新面貌。

双龙营反击土匪窜扰

丘北县于1949年3月31日获得解放，人民群众当家做主，可是国民党反动派不甘心灭亡，企图卷土重来。

国民党特务头子潘方侠潜入丘北民族边远地区，拉拢坚持反动立场的残渣余孽，组织"滇桂黔边区反共救国军新编第一集团军"，自称总司令。并委任何良武为十二军军长，罗四、罗五为十三军正副军长，赵占祖为十二军第三师师长。

随着潘方侠阴谋计划的实施，接着出现了有组织的反革命行动。曰者和温浏两地的人民政府被包围，官寨李尚勤组织土匪暴动，树皮区张自全、李绍堂武装叛乱，区委书记、区长等遇难，平寨黑纳王登龙也相继组织暴动。

土匪们互相呼应，攻打我各区、乡人民政府，杀害革命干部和农会会员，抢劫人民财产，无恶不作。

广大人民群众不得安宁，全县6个区，就被土匪围攻占据了4个，导致各区、乡不能开展正常工作，被迫撤进县城，仅剩下县城和双龙营能保住政权。

当时的土匪气焰十分嚣张，县城被围，工作难以开展。在县委领导下，全城总动员，男女齐武装，全力保卫新生的革命政权。

云南全境剿匪

1950 年 6 月，双龙营区长段忠海带领部分武装到亮山乡征粮时，接到区委书记杨铎同志通知："现在土匪纷纷暴乱，情况紧急，速回。并带部分武装到区上集中。"

段忠海立即带领武装人员 20 余人到区政府驻守，并召开紧急会议。政工、武装干部及部分乡干部参加，研究分析敌情。大家认为：敌人是声东击西，攻城是虚，打双龙营区政府是实，妄图攻下双龙营再反攻县城占领全县。必须坚决保住新生的革命政权。

会上，研究了兵力部署，由书记、区长、部分基层武装驻守区政府，设立临时战斗指挥所。副区长张毅带领部分武装驻守大营，为指挥所右翼；八道哨乡长苗大纯驻守核桃树，为指挥所左翼；副区长杨熙荣、基干队长苗邑膏、排长杨正华带领部分武装配合双龙营乡乡长张明，马者龙乡民兵驻守双龙营街上。布防驻守就绪。

当时，区政府能投入战斗的兵力，仅有百余人，兵力实属敌众我寡。

第三天的清晨，罗四、罗五集中土匪 500 余人，围攻区人民政府。

第一天战斗，指挥所两翼阵地及东山后山岗哨和部分街道便失守了。敌人在东山阵地用轻机枪直接向区政府扫射。敌人占领我指挥所岗哨后便叫喊："缴枪活拿，用菜刀砍掉杨铎。"

敌人摇动树枝引诱我方射击。排长史华义用卡宾枪点射回击敌人，喊话才停止。后山的敌人居高临下，离指挥所仅几米远，他们向屋顶连投三颗手榴弹，炸烂了屋面及楼板。

段忠海负伤了，鲜血直流但仍坚持指挥战斗，并鼓励同志们："不要怕，革命不怕死，坚定革命信心不动摇，坚持战斗。团结一致，死要死在一起，活要活在一起。"

我方顽强抵抗了几天，但仍不见援兵，便准备组织力量突围。

当时的情况十分危急，区政府后山及左右两侧，都遭到敌人包抄袭击，指挥所一遭失控，整个战斗即归失败。双龙营失守，丘北县城便受到严重威胁。

在紧要的关头，指挥所采取果断措施：

一是挖通区政府厨房的后墙，把后山岗哨三个同志接回来，10 时重新组织火力掩护，再把岗哨阵地夺回来。共产党员杜正明和王兴汉、王怀仁同志，组成战斗小组。在火力配合下，经过 20 分钟激战，夺回了后山岗哨阵地。

二是增派两个战斗小组，插入已经失守的大营阵地，控制敌人，保卫区政府。一组由党员张树辉、朱自荣和李树仁三名同志组成，插入敌占阵地的大营韩家大门楼上，抓住战机消灭敌人。二组由胡怀书和杨老九两名同志潜伏于区政府右侧，钳制敌人，使敌人难于逼近指挥所。

街上的战斗也十分吃紧。北栅子门被敌人用火烧着

了，南栅子门被敌人攻到门下。党员杨正华用卡宾枪扫射，敌人不得不狼狈溃逃。街上的战斗，在杨熙荣、张明、杨正华的指挥下，顽强地把敌人的火力压了下去，稳住了整个局面。

整个战斗打得很激烈，我方弹药十分紧缺。为了胜利，大家决心打到最后也要保住区政府，于是动员每个人节约子弹消灭敌人。当我方控制住前沿阵地时，指挥所便派区政府炊事员，连夜通过敌人的封锁线送信到县城求援。

第二天早晨，军分区独立一团二营副营长张丕洪，副连长张定纪带一个排及小炮班48人，由小寨、白石岩用炮火猛攻东山失守的两个制高点，配合双龙营战斗的各阵地猛烈反攻，采取内外夹击，打得敌人晕头转向。一股土匪向高良方向逃窜，一股土匪慌忙向松毛地方向逃窜。

解放军排长李正武率一个班乘胜追击，经8小时的激战，击溃了敌人。

在这次战斗中，毙敌10多人，俘虏30多人，我方只有两名战士负伤。

这次战斗，狠狠地打击了反革命的嚣张气焰，保卫了新生的人民政权。

暂且保留元阳土司制度

1950 年秋，在云南省各地陆续开展起来的剿匪运动中，位于云南省南部、哀牢山脉南段的元阳地区的剿匪工作却进行得非常困难。

这年元旦，元阳县正式解放，2 月，元阳县人民政府宣告成立。在县政府的柱子上，贴着一副对联，上联是："消灭土司制度"，下联是："根除封建剥削"。对联上写的"土司制度"，就是指我国历代封建王朝在少数民族地区，通过分封地方首领的世袭官职，以统治当地人民。它是一种特殊的政治制度。

废除"土司制度"，令潜伏在元阳地区的国民党特务和土匪们暗自高兴。他们利用这副对联，四处煽动说："对联都贴出来了，要消灭土司。祖上一千多年传下的规矩，说不要就不要了，消灭是什么？就是杀头嘛！"

一时间，元阳地区的土司们人心惶惶。土司团长黄金祥说："他们说国民党有数不清的苛捐杂税，是收取于民，却用于官。但共产党却在这春荒的年代，要我们交公粮，这不是想我们死吗？"

于是，在黄金祥的带动下，当地的土司头人连同土匪，在元阳县新城村庄制造了一起又一起的抢劫事件。

为了稳定元阳的形势，县城驻军三营营长乔敬安同

云南全境剿匪

志率领 100 多名解放军来新城驻扎。土匪头子陈保生跑到土司团长黄金祥家中躲了起来。

乔敬安营长决定派一个班的兵力去黄金祥家将陈保生捉住，却被土司头人走漏了消息，使得战士们遭到了土匪的埋伏，伤亡很大。接着，土匪们又袭击了元阳县犒吾区到尼枯普村征粮的解放军同志，我方的同志均被匪徒们残忍地杀害了。

6 月 19 日，农历五月初五，正是端阳节，土匪们在这天对元阳县的新城区发起了进攻。

当时，新城区政府集中了区领导和民兵共 100 多人，抵抗攻打该区的 200 多名土匪，并兵分两路向土匪靠近。

一群土匪从新城后面的山坡上居高临下地射击，另一群土匪从区政府的前面发起攻击。

我民兵同志分别驻守在区政府前后的各个阻击位置上，用政府里仅有的 50 多支枪和手榴弹，和匪徒们激战了整整一天。到了晚上 9 时，由于政府内枪支和弹药十分有限，新城区的领导和民兵们也伤亡了不少，区长决定带领剩下的人员从新城区撤走。

7 月，土匪们的气焰更加嚣张。金平、元阳、红河等县的土匪头子贺光荣、白永清、朱应光、董家国，以及龙鹏程、黄金祥等少数反动土司，同国民党特务相勾结，结成了反革命联盟，打着"反共救国军"、"人民自救游击队"、"江外联防救国军"等反革命旗号，蒙蔽和裹胁一部分不懂政策的土司头人及其随从人员，聚集了 2000

多人，疯狂地围攻元阳县城新街，妄图扼杀新生的人民政权，建立"江外反共基地"，实现其反革命美梦。

元阳县工委、县人民政府、当地驻军、各族基干队和民兵共约1000人，在新街附近各族人民的大力支持下，击退了土匪的多次进攻。

当时的战斗十分激烈，当地驻军一个营及民兵与土匪激战，伤亡很大。就在这紧要关头，解放军第三十八师徐副师长率大部队抵达，才解了新街之围，并取得了新街保卫战的胜利。

8月中旬，虽然新街土匪已经平息，但全县大部分地区仍被土匪控制着。县委总结了前段工作中的经验教训，组织工作队到附近村寨宣传剿匪胜利的形势和方针、政策，宣传"首恶必办，胁从不问，立功受奖"的政策，发动各族群众组织"防匪自卫，保家护产"的联防武装。各村各寨站岗放哨、查路条，联防队员们配合解放军剿匪、搜山，起到了鼓舞士气、巩固阵地、搜捕残匪的作用。

新街保卫战虽然胜利了，但土匪们的伤亡并不严重，以白永清为首的土匪们，一直企图伺机反扑。

9月14日，土匪头子白永清亲自带领800多名匪徒，从县城南面的山头直扑元阳县城，想乘驻元阳解放军大部队奉命前往滇西之机，拿下县城。

当土匪们来到新街南面的小水井村时，当地的联防民兵就发觉了。

接到民兵报告后，驻水普龙的解放军——二团三营

立即在城南布置了防线，待白永清部逼近时，几百人一齐开火。半个小时后，打退了土匪的进攻，毙、伤、俘土匪 20 多人，缴获了一大批武器弹药。其余土匪溃散，纷纷落荒而逃了。

这一仗，驻元阳的解放军打出了军威，从此，土匪们再也不敢向驻有解放军的地区进犯了。

在这以后，白永清又多次对一些没有解放军驻守的地区进行围攻。1951 年 4 月，我中央访问团专门到元阳地区进行群众采访和调查。调查的结果是当地的群众顾虑很大，有一半的土司头人对新政府抱有成见。他们经常与附近的土匪们暗中来往，把我方元阳地区的驻军情况向他们汇报。

针对这些情况，中央人民政府特别对元阳地区的土司头人实行"三要"与"五给"的政策，即"要拥护共同纲领、拥护人民政府，要反帝、反蒋、反匪特，要为人民服务；为土司们保护生命财产，承认土司制度，不收缴其武器，经济上给一定供给，既往不咎"。

从此，元阳的局势才从根本上得到扭转，元阳的剿匪工作才真正取得了最后胜利。

二、 残军败退金三角

● 李国辉沉默了，谭忠沉默了，全体官兵愕然，继而愤怒了：台湾不要他们了！几个字的回电，决定了这些国民党残兵败将只能选择另一种未来。

● 马帮头领托关系来找"复兴部队"，从此，在缅北大山中，开始有了现代化军队护送马帮货队的先例。

● "复兴军"打红了眼，他们用重炮猛烈轰击缅军，将400多发炮弹全部打光。战至最后，迫使缅甸政府将孟萨划为势力范围，以此得以苟延残喘。

国民党残军越界溃逃

1950年1月24日，国民党第八军主力在元江大部被歼灭，只有第八军二十七师七〇九团团长李国辉率领的1000余人因驻扎在元江下游而免于被歼灭。

李国辉带领部下从元江且战且逃，一直向中缅边境线逃去。

1950年3月9日，在人民解放军的穷追猛打下，国民党第八军二十七师七〇九团800余人，从云南西盟阿佤山与西双版纳傣族居住区之间的小坝子逃出了国境线。

国民党第八军二十七师七〇九团团长为李国辉，他在国民党军中没有后台，是在溃败中才被破格提为团长的。

逃出国境的七〇九团残兵，在原始森林中逃生，没有向导。蚂蟥、毒蚊、蟒蛇、瘴气、野兽时刻威胁着他们。

他们用砍刀劈开厚如城墙的荆棘、藤木，开出一条小路来。队伍中的人一个接一个地倒下，活着的人则踩着他们的尸体不停地前进。谁都不敢暂停片刻，否则他们只有等死。

在这恶劣的环境中，牲口和人数都在锐减，每天都会有几十人失踪、掉队。患病的人数也一天天地增加。

携带的粮食渐渐吃光了，这一带是无人区，前不着村，后不着寨，他们忍饥挨饿，步履维艰，狼狈不堪，有时候一天仅能走几公里。

李国辉只好让人宰杀牲口，将较重的装备丢弃，还派人去打猎。但这样还是解决不了断粮的问题。向后退，已经没有任何生机了；向前走，或许只有渺茫的希望。

在这荒无人烟的密林中连续走了10多天。此时，部队中患病的人数已有一半，他们身上长着毒疮，引来了虮蝇，不少人还打摆子、腹泻，伤口都化了脓。随军家属中的妇幼严重缺乏营养，十分狼狈。

4月20日，部队终于走出了森林。当到达位于缅甸东部的大其力市的一个叫"小孟捧"的村子时，与另一支国民党残军——第二十六军九十三师二七八团的600余人意外相遇。

率领二七八团的是副团长谭忠。谭忠向李国辉陈述了他们的经历：一开始和二七八团官兵们逃往缅甸的还有团长罗伯刚，可他竟不顾官兵们的死活，将部队的几十条枪卖掉了，换得了金条，然后一个人乘飞机到台湾去了。

李国辉和谭忠两人商议与台湾联系，请示今后的去向，并请求物质和装备的援助。

两支残军好不容易把损坏的电台修理好，与台湾终于联系上了，然而，来自台湾的回电却使他们惊愕，惊愕之余就是寒心。

残军败退金三角

台湾的电文这样写道：

你部自谋出路。

李国辉沉默了，谭忠沉默了，全体官兵愕然了，继而大家愤怒了：台湾不要他们了！

几个字的回电，决定了这些国民党残兵败将们只能选择另一种未来。他们只能就地谋求生存了。

两人谋划：不回台湾了，立足金三角，谋求发展。

金三角地处中国、缅甸、泰国、老挝四国交界地带，这里进可攻，退可守，而且山高林密，人烟稀少，大规模围剿施展不开，利于游击战。缅甸地方的散兵在国民党残军看来不足畏惧。两人合计着，这里的地域范围要比台湾大几倍，倘若这么多孤苦的士兵到了台湾，挤在那达官贵人多如牛毛的小岛上，又能如何呢？

李国辉和谭忠拉起了队伍并号称"复兴部队"，李国辉出任总指挥兼第七〇九团团长，谭忠任副总指挥兼第二七八团团长，钱运周任参谋长。

李国辉知道，弹丸大的小孟捧养不活 1600 人的部队，一切都要靠自己给养。他们把部队分开，一部分人开荒种地，伐木造屋；另一部分人投入马帮运输，从事武装护运鸦片；第三部分人进行艰苦的山地战训练。

国民党二七八团和七〇九团，都是步兵部队，没有经过山地丛林战训练。但在缅甸，没有山地战和丛林战的经验，根本无法生存。缅军就在几十里外的景栋驻扎，他们必须随时做好准备。

李国辉请教了当地的一个土司，并聘用了他的家兵教头，教他的部队如何适应山地丛林作战，如何游击，如何找水，如何获取食物，如何识别方向，如何逃亡等。

一切都是为了生存，各种生存条件都降到了最低点，这些国民党残军就在这种情况下苟活了下来。

国民党残军武装走私鸦片

缅甸马帮商人在金三角运送鸦片途中，曾饱受匪患之苦，向缅甸政府求助，却得不到理睬。

马帮头领中有不少人是华人，有人就托关系来找"复兴部队"。

李国辉等人正值弹尽粮绝之际，便一口答应下来。

于是，在缅北的大山中，就有了现代化军队护送马帮货队的先例。

这支部队第一次派出的护商队伍全部是具有战斗经验的老兵，携带着美式卡宾枪和冲锋枪、轻机枪，还有两门迫击炮。率队者是"复兴部队"参谋长钱运周。

钱运周走在护商队伍的前面，负载着沉甸甸鸦片的马帮队伍在他身后形成了一条长龙。

许多天过去了，什么事都没有发生。即将走完了一半路程，并没有大家想象的那样发生大战。偶尔有小股土匪想要行劫，但他们不过是放了几枪，见对方人马太多，不敢贸然下手。

这天，马帮来到一个叫老扁山的地方。这儿是一条深沟，两座大山在两旁对峙，其中有座傈僳族山寨，只有10多户人家，一条溪水从寨子下面流过。

钱运周见地形险恶，于是跟马帮首领商量赶到垭口再宿营。但脚夫们都走得人困马乏，一心只想赶快住下来生火吃饭。再说有那么多武装保卫，一路上平安无事，所以谁也不愿意赶夜路。

脚夫都是些自由散漫的人，一生浪迹天涯，不受人管束，所以只顾把物品卸下来，放了牲口吃草料，然后燃起火堆来烧茶煮饭。马帮首领则躺在皮褥上舒服地吸大烟，一副逍遥快活的样子。

到了后半夜，一股黑压压的土匪突然来袭。这是一股自称"东掸邦自卫军"的武装土匪，有300多人，算得上金三角一霸。

匪首是个掸邦头人，人称"鸦片司令"，因在缅甸军队当过兵，受过几天军训，就效仿军队将他的部下都封了营长、团长，并自称总司令。

这股称霸一方的土匪，仗着人强马壮，又对地形熟悉，常常对大队马帮下手。他们个个都跟猴子一样灵活，攀悬崖过绝壁，抓树藤荡秋千，翻山越岭轻松自如。打败了就逃进山林，得了手就大砍大杀，将骡马货物洗劫一空，来无踪去无影。

狡猾的土匪居然没有惊动山口的哨兵。他们顺着又深又陡的山涧摸进寨子，然后开始放火鸣枪，大嚷大叫，挥动雪亮的长刀见人就砍。马上就有几个惊慌失措的脚夫死在他们的手里。

一般情况下，势单力薄的马帮不敢抵抗，只能弃货逃命，土匪也不追赶，只是把货物掠走而已。但是假如

马帮不想弃货坚决抵抗，土匪就会大开杀戒，所有俘虏也将无一生还。这就是金三角的规则。几百年来，马帮土匪共同遵守，成了这个地区没有条文的至高无上的丛林法则。

但今天这支护卫的队伍不同于以往任何一支保镖队伍，他们遇上强敌偷袭并不慌张，也不肯弃货而逃，他们当然也不可能遵守以前的规则。

钱运周本来只在火堆旁打盹，枪一响他就立即清醒过来。其实多日来的平安行程使他心中一直不安。马帮在明处，土匪在暗中，谁知道土匪什么时候偷袭呢？现在土匪终于现了身，他反而感到如释重负，仿佛心中一块石头落了地。

敌情很快被查明，土匪分别从正面和两侧压来，看得出他们意图是迫使马帮放弃货物逃命。

土匪枪声杂乱，有步枪，有火药枪，他们在黑暗中起劲地打着呼哨，一味地大吼大叫虚张声势，企图把对方吓跑了事。

土匪毕竟不是军队，他们好像一群野狗，只会仗势起哄，不像真正的狼群，在咬断猎物喉咙之前绝不声张。土匪万万没有想到，他们正好暴露在严阵以待于山坡和树林两组机枪的火力面前。

冲锋枪声突然响起来，紧接着是许多沉闷而迟钝的卡宾枪声，最后埋伏在山头上和树丛中的机关枪群也喷吐火舌，刹那间，那些暴露在火力射击范围内的土匪被打倒在地。

土匪立刻被打蒙了。只觉得这种场面不大像他们平时的行动，他们倒像进了屠宰场，而被屠宰的正是他们自己。

许多天来他们一直派人悄悄跟踪这支马帮，数得清清楚楚，带枪的只有60个人，而他们却有整整300人！按说打一打那些人，放几枪就该弃货逃命，但是马帮非但没有被吓跑，还把自己打了个脚朝天。

地上已经躺下不少于100多具尸体，侥幸活着的人也喊爹叫娘纷纷逃命。

气急败坏的土匪司令"哇啦哇啦"一通叫，带领残兵败将狼狈地钻进山涧逃跑了。

枪声平息，钱运周担心狡猾的土匪没有走远，于是派人摸下山涧去侦察。

侦察的人很快就回来报告，说土匪果然躲在山涧里，好像还在等待什么。

片刻工夫，一个小土匪从涧底湿漉漉地爬上来，仰着脖子抖抖地发问："司令说，你们到底是什么人?"

钱运周让马帮首领用掸语大声说："我们是中国人——李国辉将军的'复兴部队'。"

残军败退金三角

小土匪立刻像鬼影子一样消失在水沟里不见了。钱运周命令迫击炮向山涧轰3炮，他嘱咐道："不许落空，给他们送颗定心丸!"

几秒钟后，一道红光闪过，一声闷响，巨大的火光腾蹿而起，深涧中顿时烟雾笼罩。猛烈的爆炸将岩石震裂，隆隆的爆炸声像惊雷一样经久不息。

那些惊魂未定的土匪还不明白发生了什么事，迟疑之际，第二发经过校正的炮弹又接踵而至，把没有见识过真正战争场面的土匪彻底吓破了胆。

他们原本都是当地的山民，世代居住在这片与世隔绝的大山里，金三角尚处在刀耕火种的原始社会，他们哪里见识过这样的杀人武器呢？

炮弹砸下来，转眼间就把山涧填平了一半，就像天塌下来一样。机枪大炮彻底摧毁了土匪的信心，侥幸活命的人，包括被弹片削去半只耳朵的土匪头子都跟兔子一样没命地窜出山沟，窜进树林，从此销声匿迹。

一个月后，钱运周率领护商队返回小孟捧，带回了部队急需的银元、弹药、药品、电池、百货用品、盐巴和布匹等。小孟捧营地沸腾了，这些国民党残军像欢迎凯旋的英雄一样欢迎护商队。

有了这个开头，便一发不可收，远近的各类商人接踵而至，李国辉等也干脆做起了镖局的生意，一时在金三角地区名气大震，所有土匪都知道缅北来了正规军护商队。

"复兴部队"靠护商挣了不少钱，买了所需的物品。有了经济来源后，他们逐渐在缅甸边境站住了脚。这时又有许多从境内跑出的散兵游勇和第二次世界大战时中国远征军散落在缅甸的军人前来投靠他们。

远征军是 1942 年以后进入缅甸进行抗日的国民党部队，加入"复兴部队"的是远征军第六军九十三师。此外，李国辉又收编了一些当地少数民族武装和云南的马守一、马云庵、马缓学、马鼎臣、沐国玺、熊定钦、杨文光等马帮组织，不到一个月的时间，部队人数迅速扩充到 3000 多人。

　　这伙残军纠集在一起，形成了一支不可忽视的武装力量。

残军败退金三角

缅甸政府的最后通牒

小孟捧属于孟萨大土司刀栋西的领地，"复兴部队"在这儿驻扎、活动，令大土司不安极了，他曾派人到"复兴部队"探问他们什么时候回中国。

李国辉则回答说："借一方贵土养命，等待命令反攻中国大陆。"

可刀栋西大土司心里非常清楚，这些中国的残兵败将是想长久地盘踞在小孟捧。为了将中国残军从自己领地赶走，他只好将此事报告仰光政府，要求缅甸政府出兵。

这时候的缅甸联邦共和国建国仅两年，又刚从英国殖民统治中独立出来，政府、国民对入侵的异国势力自然都是深恶痛绝。一时之间，举国上下对"复兴部队"的反应都十分强烈。

于是，一支缅军立刻开进大其力，并派人送信到"复兴部队"中，要求他们马上派人到大其力进行谈判，此外，还派飞机到小孟捧上空进行侦察。

李国辉派总部副官邓克保和副参谋长蒙振生为代表前往大其力。

缅甸方面的代表先是不客气地斥责了邓克保和蒙振生一顿，又严厉地下了最后通牒："我代表缅甸政府通知你们，限你们10天之内，撤出缅甸国，否则我们政府的军队将会向你们发起全面进攻，剿灭你们!"

尽管邓克保和蒙振生低声下气地表明"复兴部队"不过是借地休整，此外并没有什么目的，请求延缓撤走的时间，但缅方代表却不理会。

最后，蒙振生露出了"穷寇"的本性，他说："要是你们把我们逼得太过分，我们只好不惜性命一战了。"

缅方代表却不屑地说："你们的弹药，只能够用两小时而已!"

邓克保和蒙振生把谈判的结果报告了李国辉。李国辉知道已经不可能避免和缅军的交锋了，只好调整了刚刚安定下来的部队。

5月20日，"复兴部队"和缅军进行了第二次谈判。缅方代表的态度仍然十分强硬，邓克保和蒙振生只好支支吾吾地应付。在6月1日开始的第三次谈判中，缅方代表的态度却忽然来了个大转变，满面堆笑地端上茶和糖果招待邓克保和蒙振生。邓、蒙两人不知他们有什么意图，心中充满了戒备。

接着，缅方代表探问起"复兴部队"的兵力、武器装备等情况来。结果这次谈判又不欢而散。

后来，缅军派出载满三辆大卡车的有重型武装的国防军，由景栋向大其力增援，空军还派飞机到"复兴部队"驻地进行侦察活动。双方冲突一触即发。

残军败退金三角

"复兴部队"与缅军作战

1950年6月16日，配有飞机和重炮的1.5万多缅军部队向小孟捧进军，对"复兴部队"进行围剿。一场战斗终于爆发了。

缅军的兵力和火力都是"复兴部队"的几倍，他们的攻势猛烈极了。但"复兴军"的卡宾枪还是"嗒嗒嗒"地狂射。

次日，晨光刚现，缅军就派出6架英国造的"水牛"战斗轰炸机，分为两队迅速地飞到小孟捧的上空，紧接着向"复兴军"阵地俯冲、轰炸。

一时间，无数炸弹在地面上爆炸开来。"复兴部队"伤亡惨重。

"复兴部队"既没有防空工事，也没有防空武器，不少士兵更是没有防空经验，根本不懂得如何应付缅军的空袭，只能干挨炸了。

缅军飞机刚完成第一轮轰炸，第二批战机又轰鸣着上阵，又是一番疯狂的轰炸、扫射。

"复兴部队"的阵地上树林着火，工事被毁，又有不少官兵被炸死炸伤。

许多士兵纷纷跳出战壕逃命，缅军的飞机紧追不舍，用机枪进行猛烈扫射。士兵们被扫得东倒西歪，再也不能动弹。

缅军又以重型大炮向"复兴军"发起进攻。一声声巨响，如同巨大的鼓槌猛烈捶击大地。

伴随着一声声尖啸，无数炮弹迅猛掠过树梢，将许多大树炸得连根拔起。

"复兴军"官兵们大惊失色，知道这是一场泰山压顶般的进攻。

缅甸军队采用了拉网战术，一步步地向"复兴部队"推进，步兵和炮兵一齐上阵，分多路进击。

缅甸军队的大炮为苏制驮载式 120 毫米重迫击炮。这种迫击炮是第二次世界大战期间苏联制造的。在欧洲战场上，这种大炮就曾令希特勒的德国军队闻风丧胆。

除此以外，缅军的武器中还有美国制造的 127 毫米勃朗宁式大口径机枪，是飞机、战车的克星，穿透力特别强，有效射程超过 2000 米。

缅军的重迫击炮轰得"复兴部队"的阵地火光冲天，烟雾弥漫，一栋栋房屋不断被炸毁，一道道战壕不断被轰塌，连坚硬的岩石也被轰得碎屑纷飞。

那些美制机枪也开起火来。这种重机枪与普通轻机枪不一样，其射速较慢，力度却非常强悍，那"咯咯咯、咯咯咯"的枪声如来自地狱魔鬼的嘶吼。

缅军机枪阵地就设在"复兴部队"对面的山上，"复兴部队"的步枪射程达不到，形势对他们极其不利……

在以后的几个星期里，都是金三角的雨季，重装备

残军败退金三角

共和国的**历程**·剪敌肃边

的缅甸军队在大雨里不便展开行动，便分兵深入山中追剿这些残敌。

缅军司令官认为"复兴部队"非常脆弱，仅是一支流寇似的武装组织而已，所以，打算雨季之后再采取行动。

乘缅军麻痹松懈之际，"复兴部队"决定分路开拔反击缅甸军队。临出发前，李国辉阴沉着脸，心情沉重地对他的部下说：

"这是个决定我们是生是死的重要关头，'复兴部队'是存是亡，就在这一战了！希望你们能够想一下，我们800万国军，又为什么会败在共军的手下。我们国军每天能走的路仅有30里，可共军却能走200里的山路，我们怎么能不败呢？此刻，我们的前面就有120里的山路，这次战斗，我们必须同时进攻缅军，我认为，如果我们能像共军那样地走，就谁都不会是我们的对手了！"

在李国辉的加油打气下，部队出发了。

钱运周带着一支500人组成的突击队，正急速地行进在原始丛林当中。李国辉命令他们：重返小孟捧，杀敌人一个措手不及，夺取他们的重炮和重机枪。

天亮后，一场大雨从天而降，钱运周率突击队趁雨潜入小孟捧，此时的缅军官兵还在酣睡之中。于是他们的重炮、重机枪就轻易落到了突击队的手中。

形势急转直下。前方的缅军没有得到警报，"复兴部队"的大反攻就已经开始了。

"复兴部队"用夺取来的重炮向缅军猛烈开火。缅军阵地上弹片横飞，火光冲天，浓烟滚滚，房屋和村庄都在燃烧。

　　"复兴军"像杀红了眼的恶棍，拼了命地穷追猛打。在江口，他们用缴获来的重炮猛烈地向江中轰击，两个多小时内将400多发炮弹全部打光了。

残军败退金三角

"复兴军"苟延残喘

战斗尚未结束，缅军提出谈判。

缅军的首席谈判代表是一个上校，一开始他就说："其实，目前我们缅甸装备先进的国防军，兵力还是强于你们'复兴部队'的。不过我国是个刚刚独立的国家，不想卷入太多的战事。虽然你们'复兴部队'确属非法入境，但我国还是主张以和为贵，和你们就停战之事进行和谈。"

听完了翻译，李国辉竟然贪天之功为己有，恬不知耻地说："我们是中国的军队，我们还是贵国的朋友。第二次世界大战期间，我们中国的军队曾经到缅甸帮助贵国人民抗击日本侵略者。这件事，在贵国的老百姓中是无人不晓的！"

缅军上校听了翻译，点头说："不错，中缅两国是兄弟友邦，两国的军队还曾经联手抗战过。希望这一点能有助于我们的谈判！"接着，他又以带有些许讽刺的语气说："我听说，你们的部队，在贵国的淮海和蒙自，都被解放军打得非常狼狈。"

钱运周说："淮海战役中，我们的部队是从百万共军的包围中安然突围的唯一一支军队；而在蒙自，七〇九团还突破了解放军的层层封锁……"

自己被揭了老底儿，而钱运周还在那里不知羞耻地夸夸其谈！李国辉一挥手打断了他的话，冷冷地盯着缅军上校说："我们谈正题……我建议以萨尔温江作为我们驻军的分界线。"

缅军上校摇摇头说："你们提出的条件，要我方接受，是有一定难度的……"缅军上校走了。

两天之后，缅军上校再次渡过萨尔温江，来到"复兴部队"总指挥部与李国辉谈判，还是无果而归。

万不得已，缅甸政府作出妥协，允许他们在这里"借土养命"。第三次谈判时，缅军上校一开始就表了态，说："我们已经决定了，可以让贵军暂时驻在孟萨。"

8月底，"复兴部队"撤出大其力，重返小孟捧，之后再进驻孟萨。

孟萨是个大坝子，内有40多个自然村寨。国民党残军拥有了这个良好的基地及生存条件后，不仅得以苟延残喘，而且获得了再次发展的机会。

残军败退金三角

缅甸土司与"复兴军"联姻

"复兴部队"进驻孟萨后，当地的土匪不是归顺就是逃离，于是武装护送商队走私鸦片，几乎成了李国辉在这一带称霸的独门行业。

李国辉曾信誓旦旦地说："我们'复兴部队'不过是借土养命而已，迟早都会打回本国境内的，是缅甸政府紧紧相逼，我们才不得不以死相拼……"杀人做强盗还要找个理由，真是可恶至极！

孟萨是刀栋西大土司的领地，"复兴部队"在这里"借土养命"，"借"不过是一种客气的说法，他们进驻孟萨，完全不理会刀栋西同不同意，这使得刀栋西十分忧虑。

刀栋西不断接到报告，比如"复兴部队"在扩招人马，在大规模修筑碉堡工事，在护送商队进行走私等。刀栋西还风闻，"复兴部队"更为嚣张的是要在商道上设置关卡，做鸦片生意的都要向他们纳税。

刀栋西的地位受到了严重威胁，他整天忧心忡忡，人也明显地瘦了。"复兴部队"是个大祸患，刀栋西却无计可施，要是"复兴部队"哪天要将他赶出孟萨，还不是易事一桩吗？

这一天，刀栋西的大管家忽然惊慌失措地告诉他，

"复兴部队"的总指挥找上门来了。

刀栋西大吃一惊：李国辉居然找上门！他到底想干什么呢？

当初是自己把"复兴部队"的事报告仰光政府的，政府才会出兵攻打，会不会是李国辉记恨在心，要来报仇呢？又会不会是他们要来勒索财物呢？刀栋西躲也躲不过，只好去见李国辉等人。

想不到李国辉却是彬彬有礼，他先是向刀栋西介绍了副总指挥谭忠和参谋长钱运周，又对刀栋西说："'复兴部队'暂时驻扎在孟萨，借大土司的领地休整，给大土司造成的不便，很过意不去，对大土司的宽宏大量，'复兴部队'的官兵们都非常感激。"

事实上李国辉心里非常清楚，缅甸政府军围剿他们，正是由刀栋西这位大土司引起的。

可大土司还是很不信任这些中国军人，他不解地说："李将军，你……是不是喜欢当土司呢？"

李国辉说："我喜欢和土司交朋友，尤其是你。"

刀栋西却摇着头说："朋友的军队，可不应该驻在朋友的地方……你们能不能到其他地方去呢？"

李国辉说："不，大土司，你错了，既然是朋友，我们就应该在你的土地上整训部队，等命令下来再反攻中国大陆。"

刀栋西垂头丧气地说："你们中国人的军队在我的地方盖房子、打仗、做生意，什么税也不向我交，哪里有

这样的朋友呢?"

"土司大人,你是孟萨的主人,我们外来是客,作为客人,我们不会忘记对你要有诚意。这次我们来到你的府上,还顺便带来了一些薄礼,算是对你的一点敬意,希望土司大人收下。"李国辉一边说着,一边响亮地击掌。

几个"复兴部队"士兵排成一队,将几个颇大的木箱从门外抬进来。木箱非常重,士兵们都抬得非常吃力。土司困惑不解,不懂他们这是什么意思。

士兵们打开木箱,将箱里的东西全部摆开,刀栋西的眼睛忽然大放光彩,激动不已。

这"一些薄礼",原来竟是 20 支快枪和 1000 发子弹。

在金三角地区,土司和盗匪的势力都是因武器而强大的,所以再昂贵的礼物,都比不上武器的重要。有了武器,就可以征服别人,就可以获得权力和一切。刀栋西的那些土司兵,大部分用的都是老式的火药枪,这些武器早就过时了,200 年前英国殖民者用的就是这种武器。

那些"山大王"盗匪,仗着几支快枪就能横行一方,为所欲为。此刻,面对这 20 支快枪和 1000 发子弹,刀栋西能不眼红吗?

李国辉这样慷慨,刀栋西真是惊喜无比,就如同一个乞丐,突然被人赏了一张大钞票。在刀栋西的心目中,武器就是他的第二生命，从这一点上看，刀栋西觉得结交"复兴部队"，对自己还是有利的。

于是他连忙令人摆起了丰盛的酒宴招待李国辉等人，还让掸族青年、少女们擂起鼓，跳起美妙的孔雀舞，用这样的方式表达自己对"复兴部队"军官们的感激和尊敬。

酒席间，刀栋西还把他的小儿子叫出来，李国辉当着众人的面认他为义子。

随着"复兴部队"的势力在孟萨一天比一天壮大，刀栋西一度安定下来的心又越来越紧张了。"复兴部队"的种种行为，没有一点点要返回中国境内反攻共产党的样子。看来，他们还是打算长久地驻下去了。

"复兴部队"在孟萨也还算安分守己，并没有骚扰百姓。但说到底，这些人还是一支异域武装，谁也不知道以后会发生什么意料不到的事，所以，"复兴部队"还是让刀栋西这位大土司头痛不已。

他不止一次召开会议，打算解决这一问题，但谁都没有什么好计策。最终，一位华侨管家向刀栋西献计，说缅甸以前的蒲甘王朝为了消除和中国人的敌对关系，便把他们的公主嫁到了中国，或是把中国皇帝的公主娶到缅甸来，这就是"和亲"政策。要解决"复兴部队"的问题，可以和他们"和亲"，这样还可以借他们的声威去克制其他的土司，具体的办法就是将刀栋西的女儿嫁给"复兴部队"的高级军官，然后向各村各寨下令，让

他们也效仿，只要能招到"复兴部队"军官做女婿，就能得到大土司的重赏。

刀栋西有十几个老婆，女儿更是数不过来，拿出来一两个和汉人"和亲"，他求之不得！刀栋西欣然采纳，于是派和亲使者到"复兴部队"中。

刀栋西的招亲之举，李国辉十分明白他的用意，同时也赞同。

一听土司要在"复兴部队"的军官中招女婿，很多人立马自告奋勇，表示愿意。挑来挑去，只有钱运周和王满堂两人，是支队长以上没有结婚的军官，尽管一个声明有未婚妻在昆明，一个声明家里有个童养媳，还是双双成了刀栋西土司的乘龙快婿！而且据说那个叫王满堂的国民党残军军官还一人娶了两朵姐妹花！！

就在这项"和亲"政策下，不少头人纷纷与"复兴部队"结亲。

因为当地的头人和百姓都听刀栋西大土司的命令，所以，"复兴部队"和他结了姻亲，就等于把这里所有的头人和百姓都网罗到自己麾下了。

三、蒋介石的新图谋

●李弥对李国辉说："毛泽东的这本《论持久战》，你要认真地看，共产党战胜了我们，靠的全是这本书。"

●李弥下令反攻云南，将"反共救国军"分为南、北两梯队向云南进发。

●缅甸政府发动的"旱季风暴"，影响范围非常大，出动兵力也更多，双方战得异常激烈。

组建"反共救国军"

"复兴部队"在缅甸的"战绩"震动了东南亚，更加震动了台湾。

"中华民国"的残军竟然在金三角打败了拥有飞机、重炮和坦克的缅甸政府军，连蒋介石都感到惊讶万分。他召来第八军军长李弥，问他金三角这场战斗的指挥者是谁，然而李弥哪里能回答得出来呢？

蒋介石特别重视这支骁勇的部队，似乎从这支部队看到了反攻大陆的点点希望。于是，他任命李弥为所谓的"云南省政府主席兼云南绥靖公署主任"和"云南人民反共救国军总指挥"，令他马上前往金三角指挥这支部队，将其发展壮大，把金三角发展为反攻大陆的基地。

李弥十分奸猾。见到、"复兴军"的人，第一件事就是泣不成声。

李弥对他们说："外面到处传说有一支第八军的队伍打败了缅甸政府军，我恨不得马上飞到金三角来指挥你们战斗。在台湾，蒋总统问我，这支部队谁指挥，我试着写下十几个名字，有师长，有军长，但是想不到却是你们这个团！你们都是好军人，没有辜负我的教导，第八军'精、诚、忠、义'的训导，你们都做到了……"

李国辉和谭忠都毕业于黄埔军校，他们从来都没有想过违抗蒋介石的命令，都表示坚决听从蒋校长和李弥的指挥，同意交出"复兴部队"的指挥权。

几天后，李弥返回曼谷，临行前把蒋介石的《中国之命运》和毛泽东的《论持久战》这两本书送给李国辉。他还对李国辉说："你一定要看好部队，我很快就会回来指挥你们。毛泽东的这本《论持久战》，你要认真地看，共产党战胜了我们，靠的全是这本书。"

1951年春节，李弥带着许多少将、中将军衔的随员来到孟萨，"复兴部队"和大土司刀栋西举行了盛大的仪式对他们表示欢迎。

3月8日，李弥又来到孟萨，正式宣布"云南省政府"、"云南绥靖公署"和"云南人民反共救国军总部"成立，他本人任"救国军"总指挥，直属台湾"国防部"。将七〇九团扩编为一九三师，李国辉任师长，钱运周升为师参谋长；二七八团改编为第九十三师，任命原二十六军军长彭佐熙的侄子彭程为师长，任命原九十三师师长吕国铨为第二十六军军长、叶植楠为副军长。其中彭、吕、叶都是李弥带来的随员。原来的总指挥李国辉虽然升为一九三师师长，可实际上，这个新编一九三师，却还不到1000人。而原来的副总指挥、二七八团团长谭忠则只担任了一个游击支队的司令，不如一个连长。

从这一天起，金三角的"李国辉时代"结束了，而"李弥时代"开始了。

蒋介石的新图谋

反攻云南计划

在当时，朝鲜战争已经爆发，我人民志愿军和以美军为首的联合国军正在激烈鏖战。美国总统杜鲁门企图武装金三角的国民党残军，利用他们窜扰大陆，开辟中缅边界的新战场，以牵制我军的兵力。

1950 年 6～7 月，美国前驻泰国武官谢尔敦在曼谷创办了"海洋供应公司"，给"云南人民反共救国军"供应了大批武器和军装。

12 月，美国在泰国清迈设立领事馆，负责救济"反共救国军"，并指挥、派遣军事顾问对该军进行训练。然后又源源不断地将战斗物资输送给"反共救国军"，每月以大型运输机向孟萨最少空投 5 次。此外，还每月提供给"反共救国军"20 万泰铢的军需费，后来改为每月 7 万美元。

1951 年 3 月 18 日，李弥下令反攻云南，将"反共救国军"分为南、北两梯队向云南进发。

北梯队作为进攻的主力，由李国辉率领，南梯队由吕国铨率领，任务是进行佯攻。李弥让北梯队先悄悄开出孟萨，3 月 24 日又命南梯队向车里、南峤、佛海出发。

李弥打算让南梯队吸引住我解放军的主力，使北梯队能够很快攻占沧源、耿马、澜沧。然后，乘增援车里、佛海、南峤一带的解放军回师之前，向东急进，在攻夺了思茅之后，再向南回军，和南梯队来个前后夹攻，妄图击溃我解放军的主力。

他们打算在三个月后占领云南大部分地区乃至全境，迎接国民党政府迁到昆明，之后再进攻内地。

5月15日，李国辉率领北梯队的3000余人一举攻下云南西部的沧源，并胁迫岩帅佤族头人田兴武、田兴文率部攻占上允，后又继续向耿马、双江、澜沧进犯。

当时的沧源仅有一条小街，人口也仅有几千。解放军驻在这儿的部队人数较少，激战之后便退到了县城，后来再退到了临沧，打算诱敌深入，消灭这伙死灰复燃的残兵败将。李弥抓住攻克沧源这一仗大做文章，搞了一场非常热闹的"光复沧源"入城式及阅兵式，表明他要坚决反攻到昆明的态度。来自台湾的记者回去后大加报道，使得国民党的军界、政界兴奋不已，整个台湾国民党政府好像被打了一针兴奋剂一样。

5月31日，和北梯队密切配合的另一支武装罗绍文部攻占镇康县南伞地区，次日又攻占了大营盘，并将孟捧列为攻占目标。

6月6日，吕国铨率南梯队3000多人由缅甸孟养地区窜入云南孟连县境，一连占领了糯福、勐马和孟连县城。12日，南梯队的游击大队吴运援部、特务大队罗成部窜入南峤山区。

攻占沧源的次日，李弥来到边境上的永和镇，李国

057

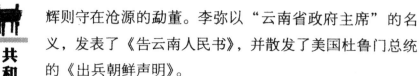

辉则守在沧源的勐董。李弥以"云南省政府主席"的名义，发表了《告云南人民书》，并散发了美国杜鲁门总统的《出兵朝鲜声明》。

在李弥的"反共救国军"的反动宣传和威逼利诱下，沧源、思茅等地区一些反动土司、头人、恶霸武装纷纷投靠他们，顿时叛乱四起。土司罕裕卿曾占领耿马，大土豪罗绍文、李文焕、张国柱占领班洪、勐定，地霸李希哲、张孟希在景谷、磨黑叛乱，澜沧幕乃也被土司势力所占领。叛乱分子残忍地杀害地方干部，洗劫国营商店、供销社、银行，搜捕进步群众等。

乘着这种形势，李弥和美国军事顾问图士登经过精心策划，拟订了下一步反攻云南的计划。具体如下：

利用土司武装向阿佤山征集军粮，囤积在贺肿、那坊、恐戛这三个地方，并尽快修建孟萨机场，接受台湾和美军的空运物资，伺机攻占耿马、澜沧、双江等。

同时，令叛匪李希哲和张阵希协同作战，占领景谷和普洱；李文焕、罗绍文率部进攻镇康和昌宁；命令李国辉驻守勐董城及岩帅，并分兵援助各路部队作战。

李弥将总指挥部设在永和。

正当李弥着手实施以上战略计划时，中国人民解放军驻守云南的部队遵照毛主席的军事部署和中央军委的命令，已经做好了诱敌深入、聚而歼之的战斗准备。

大肆入境窜扰

李弥第一次窜扰云南遭到惨败并退回金三角后，他继续指挥部队进行反共活动。此外还召集大、小土司到孟萨开会，向他们宣布了三项决定：

一是除土司、头人和"山官"外，"反共救国军"辖区里的居民，一律都要交税交粮；

二是实行鸦片统购政策，禁止私人经营鸦片生意；

三是商人必须持有军管区的通行证，才能进入辖区经商。

这三项决定其实是剥夺了土司们的权力。但是李弥的势力无人敢抗，刀栋西大土司又表示拥护他们，土司头人们也不得不答应。

李弥同时分兵四处强占缅甸地盘，他们和解放军对抗不是对手，攻打缅军却是得心应手。

"反共救国军"迅速占领了缅北萨尔温江以北，云南境外以南的科康、佤邦、悬栋三个省的地区，控制了该地的贸易，他们种植鸦片，并收纳赋税和收缴公粮，俨然是缅甸的当地一霸。

李弥还在缅北的孟萨总部办了一所大学"反共抗俄大学"，并自任校长，由李则芬任副校长兼教育长，大量收容华侨及其子女扩充力量，同时又收编了各地的地主

蒋介石的新图谋

武装。

有一次，李弥到大学内视察，他的目光扫过一排排努力表现的学员时，其中一个少年引起了他的注意，只见这个少年拆卸枪支的动作极为纯熟。

李弥感到十分惊讶，就让人把这个少年叫到自己的面前来。

李弥见小士兵长得白净清秀，顿时又生几分好感，高兴地问道："嗯，你叫什么名字呢？"

"报告长官，我叫关约。"小士兵大声回答道。

"关约？嗯，好名字。你的身手不错嘛，为什么参加国军呢？"

"报告长官，报效国军是我长久以来的梦想。我是缅甸掸族人，我身上有中国人的血！"

"缅甸掸族，明末流亡到缅甸的汉人啊！这么说你和我们还带血缘关系呢！"民族的拉近，使得李弥对这个少年更加赏识。

"对，我的中文名字叫张奇夫。"

"好，张奇夫。我现在正式任命你为少尉军官，希望你能竭尽所能，为党国光复大业出一份力。"李弥心里已经对这个少年士兵完全信任了，他相信自己已经发掘出一个不可多得的人才。

"谢谢长官提拔，张奇夫愿为党国事业赴汤蹈火，万死不辞。"张奇夫内心也是激动万分。

李弥在缅甸无意间任用了一个少年当军官，远在台

湾的蒋介石自然不会清楚，也不会去过分关注，而对李弥来说，在不久以后也忘了这个少年。

然而，不论是蒋介石还是李弥，都万万没有想到，当年这个年仅十八九岁的少年，后来竟然会成为全世界为之震惊注目的重量级人物。

这个人，就是后来赫赫有名的东南亚毒品之王——坤沙！

1952年1月，孟萨机场建成。台湾C-47运输机每周两次往返，运来M-1步枪、五〇口径轻机枪、反坦克炮等武器，装备了近1万名国民党新兵。

1952年2月，台湾又派800名军官及情报人员到缅北充实"反共救国军"。

到1953年1月，"反共救国军"已扩充到1.8万余人，编制为一个总指挥部。李弥为总指挥，柳元麟、吕国铨为副总指挥，钱伯英、杜显信任参谋长，赵玉甫任政治部主任。下辖4个军区，3个师，12个纵队。活动范围也大大扩展：北到缅甸若懂，南至耶县，西至孟苏，东至老挝，活动区域比台湾还大好几倍！

兵力增强、地盘扩大之后，李弥也吸取首次入境窜扰大败的教训，和柳元麟等商定，不断派小股部队入境，对云南边防一线大肆进行窜扰。

这种组织小规模窜扰行动的特点是：盘踞在缅甸北部的山区，依托国境线，三五人一伙，多可达数十人，快进快退，忽东忽西，打一下就撤退。常常是假扮边境

蒋介石的新图谋

上的百姓，暗藏短枪、刺刀或者手持冲锋枪，抢夺粮食和牛马等，遇上青年人，还将其抓走。一旦遇到我国的边防巡逻部队，能打就打，打败了就逃，我边防部队经常毫无防备地受到这些敌人的袭击。

国民党残军的窜扰，已经严重威胁到解放军和人民群众的生命安全，必须坚决进行打击了。

四、 解放军首次围歼

● 在这次会议上，与会人员经过认真研究，针对敌人统一指挥、分路窜扰、互相策应的特点，制定了诱敌深入、相机反击、迂回包抄、各个击破的作战方针。

● 我军战士又发出几枚燃烧弹和迫击炮弹，摧毁了敌人的地堡群。敌人的阵地刹那间火光熊熊，他们的各种机枪也一下终止了射击。

● 随后赶到的我军一一五团的部队，满腔悲愤地发射出火箭炮弹，炸毁了敌人的暗堡，那些妄图顽抗的敌人也被我军战士的机枪和手榴弹歼灭了。

紧急军事会议拟订作战计划

针对残军小规模窜扰的伎俩，我军也制定了新的应对策略。要消灭这些小股反窜的敌人，在战术思想和战斗作风上，就必须要灵活多变，采用大部队正规战的老办法自然就行不通了。

1951 年 6 月 3 日，根据中央军委、刘伯承、邓小平首长和陈赓司令员的指示，云南军区副司令员郭天明主持召开了紧急军事会议，拟订了反击窜扰云南边疆的李弥"反共救国军"的作战计划。

我云南军区的领导根据毛泽东的军事思想和反窜扰战斗的实际情况，拟定了基本作战方针：依靠群众的帮助，秘密接近敌人，迂回包围，切断敌人退路，尽量构成里包围圈和外包围圈。里包围圈的战士必须善于潜伏，隐蔽地接近敌人，将其包围，再实行猛打猛追。外包围圈的战士的任务则是堵截敌人、围山搜剿。

这一作战方略要求战士们必须熟悉防区的地形地势，必须适应在坡陡、沟深、树多、杂草丛生的地方进行作战，必须具有穿林、爬山、滚坡、涉水和穷追猛打的作战本领。

作战时，不但要防止敌人漏网和误伤到老百姓，还要严格遵守边防规定，做到"人不出国，弹不越境"。在反敌人窜扰的同时，还必须顾及我国和缅甸政府、军民的和睦关系。

在不断地打击敌人小股入窜的战斗中，我边防部队同边疆各族人民紧密联系，从群众中获得情报，和民兵及群众并肩作战，取得了不少胜利。

在这次会议上，与会人员经过认真研究，针对敌人统一指挥、分路窜扰、互相策应的特点，制定了诱敌深入、相机反击、迂回包抄、各个击破的作战方针。计划将作战部队分为四路，对敌人布下天罗地网。

围歼残敌战果显著

6月6日至14日，在孟连东南糯福街的第一场战斗中，我军三十九师一一七团击毙敌南梯队副团长杨飞以下28人。接着，我军又在孟连帕良村毙敌120多人。

敌南梯队还不甘心失败，又纠集石炳麟、召外湘等部共850多人，分别从腊福和班散入境，进犯勐马和帕良，进而攻占孟连城街。

我军三十九师一一七团和一一五团约2000兵力迅速开向孟连，迅速围歼了来犯的敌人。

这场战斗开始于6月28日傍晚，结束于第二天早上，我军一共消灭180多名敌人。

残敌逃向帕良、腊福、东乃山区。我一一七团乘胜追击，设卡埋伏，又在国境线上俘虏了20多个逃敌。

敌人的南梯队严重受挫，被迫退回缅甸。

我军抓住这个有利时机，命二十团、一一五团、一二三团、公安二团、思茅基干团等进行密切配合，对进犯沧源、双江、耿马、岩帅的北梯队敌人实行围歼。

虽然李国辉凭借工事抵抗，并有耿马土司罕裕卿、张国柱和佤族首领田兴文、田兴武的地方武装2000人助战，但最终还是敌不住我围剿大军，不是被歼灭就是被击溃。这场历时半月有余的反击战，沧源的勐董和岩帅是主要战场。

在勐董战斗中，敌人凭着有利的地形，曾使我军前卫一连伤亡不小，后来我军增援部队赶到，合力击溃敌人，俘虏了600多名敌人，击毙了大队长以下300多人。此外，我军还缴获了5门六〇炮，400多支美式半自动步枪，500多支卡宾枪及20多匹骡马等。勐董战斗进行之时，我军的另外一支合围部队也在猛攻岩帅。

岩帅是沧源县的县城，敌人在县政府后面的山包上筑起了密密麻麻的碉堡群和交通壕，正中还有一座大碉堡，和其他碉堡之间可以彼此支援，能够俯射、侧射、直射，甚至倒射。另外，敌人还设置了鹿砦和路障。

我军一一五团的突击连刚到岩帅时，不能接近敌人，附近的路上全是砍倒的树枝，敌人所设置的路障阻止住了我军战士的脚步。敌人的机枪又不停地开着火，突击连队有几人受伤阵亡。

团领导派人侦察，了解到敌人的工事构筑和武器配备情况后，决定先将敌人的碉堡群摧毁。我军四个炮手把两门火箭炮移到敌阵地一侧的隐秘地方，来个近距离射击。两颗炮弹发出之后，就打开了敌人的大碉堡。

紧接着，我军战士又发出几枚燃烧弹和迫击炮弹，又摧毁了敌人的地堡群。敌人的阵地刹那间火光熊熊，他们的各种机枪也一下终止了射击。

面对我主力部队，敌人丢下了近百具尸体逃离。

我军占领了敌人主阵地，战斗英雄、政治指导员宋

解放军首次围歼

宝元率突击连紧追不舍，将逃敌追进县政府后面森林里。

不料，敌人在森林中设了伏兵，冲在最前面的宋宝元及其他 10 位勇士不幸中弹牺牲了。原来敌人在这里也掘了交通壕，还修筑了暗堡，其中埋伏着一个机枪班。森林中的小道被他们的机枪交叉封锁着，我军战士追到这儿，就遭到了他们的伏击。

随后赶到的我军一一五团的部队，满腔悲愤地发射出火箭炮弹，炸毁了敌人的暗堡，那些妄图顽抗的敌人也被我军战士的机枪和手榴弹歼灭了。

战斗结束后，战士们将一面五星红旗插到了沧源县政府的屋顶上。岩帅、勐董战斗的胜利，彻底粉碎了李弥"反共救国军"反攻云南的阴谋。

这次战役从 6 月 3 日到 7 月 8 日，我人民解放军歼敌 1420 多人，毙敌 344 人，缴获 6 门六〇炮、33 挺轻重机枪、944 支长短枪，两部电台，500 支卡宾枪，还有几十箱食品罐头和军用物品。

国民党"反共救国军"从此实力大不如以前，士气不振，再也不敢大张旗鼓地入境窜扰了。

随着美帝国主义为首的联合国军在朝鲜战场上的战败，李弥"反共救国军"的"第三次世界大战"、"反攻大陆"、"先占昆明，再进北京"的狂想也成了一场空想。

五、 残军再次窜扰

● 李弥公然宣称，要和一切反缅甸政府的武装力量联起手来，推翻缅甸政府。

● 李弥说："我要打回昆明不太容易，但我要做缅甸王就太容易了，不过要看我愿不愿意了！"

● "反共志愿军"的高级将领不甘失败，进行研究之后，提出了反攻云南的新计划。

缅军"旱季风暴"围剿行动

1952年8月,李弥的"反共救国军"与缅甸的"克伦自卫军"成立"联合作战指挥部",公然宣称和一切反缅甸政府的武装力量联起手来,推翻缅甸政府。

"反共救国军"向萨尔温江以南的发展,给缅甸政府造成了极大的威胁。

为了捍卫主权,缅甸政府又于1953年1月对"反共救国军"发动了"旱季风暴",进行了一次大规模的围剿。

这场战役,缅军将萨尔温江作为中心,影响范围非常大,出动兵力也更多,双方战斗得异常激烈。

缅甸的国防军全军仅有2万人,在这场战役中出动的兵力就超过了1万人,其中以骁勇著称的钦族部队占了大部分。在第二次大战期间,钦族部队抗击日军的威名就已经传遍了亚洲。这些钦族士兵是山林作战的精英,他们背着轻机枪在高山峻岭之上也能行走如飞。

除此以外,缅甸政府还重金请来将近4000人,成员大多数为印度人的"国际兵团"。

"旱季风暴"战役发起之前,缅甸军队经过了长时间的精心准备,大量集结兵力,又是主动出击,在兵力、武器装备上都胜于"反共救国军"。

国民党残军一开始就被打了个措手不及。当时李弥和参谋人员都不在孟萨，只好由"反共大学"教务长李则芬和参谋长杜显信指挥部队抵抗。

"反共救国军"虽然人数不少，但真正能上阵参战的仅有两个团，其他部队都还没有受过正规训练，又散布在10多处，很容易被一个个歼灭。

缅军的第一步计划是要歼灭驻扎于萨尔温江两岸的江口和大其力的国民党军，再将部队分为两路，分别向北攻取孟布及向东攻取对方的总部孟萨。

国民党军部署在江口和大其力的兵力很少，大其力仅驻有警卫营邹浩修率领的两个连，江口以东的拉牛山上更是仅有他的一个连。而在孟萨总部，仅守着两个连和一个排，而孟布也只驻着九十三师师部和一个直属连，人数加起来还不到400人。

5月21日，杜显信在萨尔温江的沙拉渡口命令张云岳率总部的两个连增援江口。

此时邹浩修的两个连正从大其力退下来，渡到萨尔温江东岸的江口，和张云岳两个连会合到一起。

缅军的一个团包围了江口，连续三天进行猛攻，国民党军拼命抵抗，于是缅军调重炮进行轰击。

22日，在战机协助下，缅军攻下国民党军在萨尔温江西岸的头堡猛畔据点。国民党军拼命死守在沙拉渡口。

5月23日，"萨尔温江战役"打响。缅军的炮火猛烈地轰击沙拉渡口，并以跳蛙战术跳过江口，兵分两处，在江口上游和下游各30里的地方渡过萨尔温江，进攻国

残军再次窜扰

民党军的总部孟萨和孟布据点。

24 日，国民党军从沙拉渡口败退，撤守拉牛山。

接着，双方在拉牛山口相遇，于是，一场激烈的肉搏战展开。两军的死伤都非常惨重。

此役过后，国民党军仅剩 400 多人了。

第二天，缅军猛攻拉牛山口。威力强大的一〇五口径大炮击得拉牛山口烟火四冒，俨如世界末日的来临。

缅甸空军于第四天也投入了战斗，孟萨、孟布和拉牛山同时遭到了缅军战机的猛烈轰炸。30 日，国民党军又被迫退出拉牛山。这一仗，国民党军遭到了重大伤亡。

缅军本来是计划跳过江口分别进攻孟萨和孟布，消灭国民党部队。可此时孟萨总部仅剩一个空壳，缅甸军队在这里无敌可歼，于是将兵力集中起来围攻孟布，旨在歼灭对方的李国辉部队。但这一带山势陡峭、地形非常复杂，缅甸军队对孟布进行包围，却无法完全围住，国民党军还是可以通过不少小道和外面取得联系。缅军包围了 20 多天，还是未能歼灭李国辉的部队。

6 月初，国民党军的主力部队从缅北基地回师增援，占领拉牛山、沙拉渡口，并向孟萨、猛畔、猛果增派部队。缅军前后受击，只好在 6 月 13 日撤回萨尔温江以西。缅军的这场"旱季风暴"大围剿，就这样无功而返了。

李弥主力被迫撤往台湾

缅甸军队发动"旱季风暴"战事之后，李弥在曼谷接受西方记者采访，一句大话引起轩然大波，使他在金三角的统治从此结束。

一位西方女记者问他："李弥先生，你是'中华民国'的云南省主席，你什么时候可以打回昆明呢？"

李弥大笑说："我要打回昆明不太容易，但我要做缅甸王就太容易了，不过要看我愿不愿意了！"

此语一出，仰光舆论大哗，学生上街游行，要求总理吴努和国防部长吴奈温下台。

缅甸政府只得向联合国控诉"中华民国"及美国的罪行。他们向世界提供了大量的数据、照片、实物及战争情况的资料。

东南亚各国联合在联合国安理会提出抗议，纷纷谴责台湾当局和美国粗暴侵犯缅甸主权的行径，要求维护缅甸主权。因为，这些国家都感到了国民党残军存在的威胁。

尽管美国千方百计地搁置缅甸主权的提案，但正义的呼声异常强烈，各国不肯通融。美国无奈，不得不在曼谷召开美、泰、缅、台四方军事会谈。国民党派李则芬出席了会议。

残军再次窜扰

美国和国民党当局迫于各国压力，最终达成的协议是：国民党驻在缅甸的部队全部撤往台湾。

不仅国际社会不允许国民党残军企图推翻缅甸政府，蒋介石一样不能容忍部下"自立为王"的行为，于是把李弥调回台湾。李弥一到台湾就被软禁了。之后，蒋介石不得不下令从金三角撤军。

从1953年11月7日到1954年6月3日，从金三角共撤走李弥总部、"反共抗俄大学"、第二十六军军部、九十三师、一九三师、第四、十、十八、二十一纵队等部5472人，以及家属1030多人。此后，台湾当局宣布已经从缅北撤走全部军队，没有撤回的与台湾再没有任何关系。

李国辉随撤台人员到了台湾后，很快退出军界，带着家人在台北县一处荒凉滩地，盖起房屋，开垦田地，以养鸡为生。

在这期间，我解放军云南边防部队紧密配合地方各级党政机关、民兵和人民群众，对敌人做了大量的政治工作，使2466名境外的国民党军官兵回国投诚。

但是，蒋介石并不想真正放弃这个好不容易才建立起来的"反共基地"。他又任命"反共救国军"原副总指挥柳元麟为总指挥，将留下的部队进行整编，继续从事反共窜扰活动。

柳元麟再次整编残军

李弥的大部队刚一撤走，缅甸国防部就向金三角地区大举进兵，对山区进行拉网式扫荡。缅甸政府军采取的不是安抚政策而是高压政策，镇压了许多与国民党残军勾结的土司头人。缅甸政府军宣布彻底禁烟令，阻断了当地头人的财路。然而，缅甸政府的政策不但没能得到土司头人和百姓们的拥护，反而把民心推向了毒贩子一边去……

国民党军主力撤往台湾不久，留在缅甸的部队成立了"云南人民反共志愿军"，下辖三个军约 4500 人。可此时国民党残军内部，各派系矛盾重重，这群乌合之众离心离德，谁也不将柳元麟这位总指挥放在眼里，因此不止一次发生内讧。

最先反对柳元麟的是第一军军长吕维英。他在九十三师待过很久，参加过抗战和内战，曾经指挥过师团战斗，还在毛人凤的手下干过几年。仗着这样的后台和背景，吕维英眼中根本没有柳元麟，公然宣布他的第一军独立，拒绝柳元麟的指挥。

柳元麟又惊又怒，不停地向蒋介石报告此事，并说"整军备战，反攻大陆"，"必须消灭一切不团结现象"。

为调和内部矛盾，蒋介石派遣"国防部"情报局游

残军再次窜扰

击行动处处长罗果出马，到缅甸进行调解。吕维英这才勉强答应听从柳元麟的调动。

经过罗果的调和，"反共志愿军"的内部矛盾似乎已经解决。然而事实上，吕维英和另外两个军长甫景云、段希文，他们与柳元麟之间仍然心存芥蒂。

在缅甸的国民党残军实力已经大不如从前，因此柳元麟也不敢进行大规模的反攻云南行动。每次台湾方面要求他将战绩上报时，他就派出小批特务不断地对我边境进行"小偷小摸"式的骚扰，以此敷衍台湾方面，向其邀功，暗中却进行休整，以保存实力。

袭扰云南的突击计划

1957 年，台湾的国民党当局乘中国共产党进行整风运动和展开反右派斗争这一国内形势，作出了对大陆进行"军事袭击"和"政治反攻"的决定，命令在缅甸的"反共志愿军"在云南边境搜集情报，进行"攻心战"，唆使边民逃往境外，寻找时机进行暴动，并伺机攻占昆明。于是，"反共志愿军"的高级将领在进行不断研究之后，提出了反攻云南的新计划。

柳元麟和吕维英、甫景云、段希文四人各自盘算，各自保存实力，因此三个军的人数，拼凑起来不到 1500 人。柳元麟亲自督战，1000 多人慢腾腾地走了一个多月才到达云南境内，进攻了孟润、叭红、阿勒、曼信、斑角、贺梅等一些村寨，并抢劫了孟润贸易组和学校，还纵火焚毁了叭红、阿勒寨的房屋，又将叭街水利工地的 42 名干部、民工掳走了。

国民党残军的这次行动，连一个县城也没有拿下来，更甭提攻占昆明了。柳元麟借口这次行动的失败是因为吕维英从中破坏，因此把吕维英调到"元江指挥所"任指挥官，由第一军副军长吴运缓代理他的军长职务。柳元麟还撤了第二军军长甫景云的职务，理由是他"贻误战机"、"违犯军纪"，并当众枪毙了他的一个心腹营长。

打击了吕维英和甫景云之后，柳元麟还不愿罢手，认为段希文势力太大，又不服从自己，一定要将他挤掉。但是，段希文绝不是一般的人物，他的父亲段克昌是蒋介石的亲信，曾经任昆明行营兵站中将总监长，又是台湾的"国大代表"。而段希文本人也曾经是白崇禧部的师长，并曾担任武汉警备司令，机警多智，也擅长作战，基本上能将自己的部队控制。柳元麟很难排挤段希文。

有段希文在，柳元麟就无法安宁。他先是将两个师组成第五军，任段希文为军长。接着又通知第五军的各师各团，以后报领军费，直接到总务部即可，不必通过军部。柳元麟的用意是想使段希文的军长一职成为虚设。

但段希文的部属多数是云南兵，多年追随着他，在主力撤往台湾后又曾与他患难与共过。柳元麟仅凭这一道通知，怎么可能达到自己的目的呢？他见这一手未能奏效，索性停发了第五军的一切经费。

段希文马上谎称有病告假，将在中缅边境进行袭扰活动的第五军调了回来，又在 11 月 24 日宣布，第五军独立，和柳元麟指挥部断绝从属关系。

柳元麟十分震动，连忙又向台湾告了段希文一状。

1959 年 4 月，台湾情报局副局长任剑鹏亲赴缅甸调解。段希文的父亲段克昌也加以劝说，段希文这才取消独立，重新回到柳元麟麾下。

柳元麟深深明白：没有巩固的基地，是不可能实现反攻大陆的，而要建立巩固的基地，就不能不处理好与当地群众、头人的关系。于是，柳元麟吸取了经验和教训，在军中发布了五条规定：禁止部队骚扰群众，搞好军民关系；尊重民族风俗，不准强奸民女，但可与民族上层人士通婚；避免同群众直接冲突，利用村寨头人为自己服务；尊重民族信仰，不准进驻缅寺；重视民族上层，利用民族上层。这几项规定，使他们和金三角地区的群众关系有所改善，并巩固了他们的根据地。

我国当时灾荒不断，并和苏联的关系开始恶化。解放军坚持防御战略，不再出击国民党军。缅甸国内的情况也有了变化，政府军队正全力以赴和国内的反政府武装作战，使得国民党残军有足够的时间进行休养和整顿。

经过了三年整顿，"反共志愿军"暂时得以统一，总部设在湄公河西岸的江拉。第五军的战斗力比较强，为了有效地"反攻云南"，柳元麟只好将自己和段希文的私怨暂时放下，任他为"反共志愿军"副总指挥。

1959年，蒋介石召柳元麟到台湾，命他设法策应云南、西藏等地匪特暴乱，并许诺增加经费和补给供应。

柳元麟返缅后积极招兵买马，声称："不仅缅敌找上门来要打，而且要打进云南，以击引暴，以暴致乱。"他还拟订了袭扰云南的突击计划。

1960年春，台湾向缅北残军驻地空投了400人的"特种部队"，柳元麟更是加紧了袭扰云南的准备，培训了2000多名袭扰骨干。

1960年7月，蒋介石还派特种部队司令夏超任副总

残军再次窜扰

指挥兼教导队长，派第六军政治部主任徐汝辑为总政治部主任，特种部队副司令胡开业为孟百了守备区司令，加强对柳元麟部队的控制。

1960年7月底，"反共志愿军"的兵力增至近万人，达到撤走台湾后的鼎盛时期。总指挥部下辖5个军：第一军军部设在孟瓦，吴运缓任军长；第二军军部设在索永，吴祖柏任军长；第三军军部设在莱东，李文焕任军长；第四军军部设在孟马，张伟成任军长；第五军军部设在孟隆，段希文任军长。其中第一、四军靠近我国边境。此外还有西盟军区和孟白了守备区。

各军下辖两到三个师，各师统辖的各团兵力从几十人到几百人或上千人。该军队有一特殊之处说来可笑，就是当官的人数要比当兵的人数多。国民党的腐败在这股残军身上都能充分体现出来，可见其灭亡乃是必然。

柳元麟等人，口中不断叫嚣从缅甸出兵，配合台湾国民党大军反攻大陆，其实他们心里没有一点信心，也没做什么准备。他们的方针是：遇到解放军时，尽量保存实力，避免决战，进攻时就采取潜入、窜扰的方式，形势不利就逃跑；和缅甸政府方面，既是敌对关系，又要尽量做到和平共处，求得彼此相安无事，以保存实力。

六、 解放军出境作战

● 在这场跨境战斗中，有6个攻击目标逐个被
  我人民解放军全部消灭，其他的大部分被
  击溃。

● 周总理指示：我军作战部队留驻缅甸境内，
  占据有利地形和战略要点，加强警戒，严防
  国民党军的袭扰。

● 缅甸政府出动3万大军，在飞机、大炮的配
  合下，向国民党"反共志愿军"发起了大规
  模的进攻。

军委派杨成武去云南

中共中央、中央军委对于柳元麟的残军不断壮大并不断窜扰云南边境的情况非常重视。为了巩固新生的人民政权，保障人民群众的生命财产安全，彻底消灭这股国民党残军势在必行。

1960 年 5 月 4 日，毛泽东在一份"关于蒋介石接见在缅国民党残军总指挥，令其准备窜扰云南"的情报上，批示给中央军委秘书长、中国人民解放军总参谋长黄克诚："引起警惕，准备应付可能的叛乱。"毛泽东同时指示昆明军区和云南省委：

> 应立即加强有关地区的工作，派得力人员去各地调查情况，研究对策，千万不可马虎大意，轻易相信下面太平无事的书面报告；中央军委亦应派员去云南布置对策

毛泽东对此还不放心，在这天晚饭后，他走出菊香书屋，一边吸着烟，一边凝望着西南方向的天空，若有所思地迈动着步子。突然，他叫来秘书，让其请来周总理和总理的秘书，说是有要事商量。

一会儿，毛泽东的秘书就陪同着周恩来来到了菊香

书屋的院子。这时，毛泽东还没有休息，他还在院子里踱着步，等待着周恩来的到来。

毛泽东与周恩来简单说了几句话后，便与周恩来一边散步，一边就云南防止国民党残匪窜扰的问题交换着意见。毛泽东与周恩来都认为，应该给予国民党残军狠狠的打击，不能任其窜扰和发展。同时一致认为，中央军委应该选派合适的人员赴云南指挥打击国民党残军的窜扰。

毛泽东批示后，中央和军委便对盘踞缅甸金三角地区的国民党残军有了高度警惕，并制定了应急方案。

5月5日，中央军委根据毛泽东的指示，作出了关于云南边境防止国民党残军窜扰的具体部署。中央军委还派副参谋长杨成武将军率领指挥组到云南，具体落实军委的指示，组织力量打击国民党残军的窜扰，以确保边疆人民的生命财产安全。

解放军出境作战

缅方提请解放军入境作战

1960年年底到1961年年初，为使中缅两国勘界工作能够顺利进行，应缅甸政府的要求，中共中央军委命令昆明军区派遣部队联合缅甸军队作战，共同打击盘踞在中缅边境地区的国民党"反共志愿军"。

1960年，缅甸总理奈温到我国访问，1月28日和我国政府签订了《关于两国边界问题的协定》。10月，缅甸总理吴努和总参谋长吴奈温又访问我国，于10月1日与周恩来总理签订了《中华人民共和国与缅甸联邦边界条约》，所以，两国必须进行边界勘定。

但是，国民党"反共志愿军"却盘踞于中缅边境地区，致使两国的勘界工作难以正常进行。为保证这项工作得以顺利进行，缅甸政府提请中国人民解放军入境作战。两国政府经过协商之后，决定两国出兵共同清剿国民党的"反共志愿军"。

1960年6月27日到7月5日，根据中缅关于两国边界问题的协定，成立了中缅边界联合委员会，在缅甸首都仰光举行了第一次会议，就对边界进行必要的勘察、竖立新界桩和修订、改旧界桩、警卫等事宜，商讨具体细节，确定日程安排等。

委员会中方的首席代表是前中国驻缅甸大使姚仲明。

在谈到勘界的警卫问题时，姚仲明根据周恩来的授意指出：云南解放之际，国民党残部千余人窜逃缅甸，盘踞在掸邦地区，声称等待第三次世界大战反攻大陆。他们不时骚扰中国边境，对缅甸人民更是胡作非为，还可能在帝国主义的唆使下破坏中缅勘界。为了保护勘界人员的安全，必须给他们必要的打击。

缅方代表听了姚仲明的这番话，非常感动。

1960 年 10 月，解放军向昆明军区下达了预先号令，令其做好进军缅甸打击国民党残军的准备。接到预先号令后，昆明军区马上着手准备。

11 月初，两国政府商定之后，由云南省军区丁荣昌副司令员和总参作战部边防警备处处长成学渝等人，同以昂季、山友准将为首的缅甸代表团，就联合勘界的警卫作战事宜进行会谈。

4 日，中缅两方签署了《勘界警卫工作协议》，协议规定：对盘踞在第四勘察队工作地段，对勘察、竖桩工作有威胁的国民党残军，由中缅双方部队共同负责加以捕歼清除。中国人民解放军驻滇部队负责捕歼清除旧 30 号界桩（中国孟遮以西）至 62 号界桩（云南腊河与澜沧江交汇点）地段附近的国民党残军。中方部队为执行警卫作战任务，可根据需要进入缅甸境内 20 公里。清除残军的行动，双方应同一时间进行，暂定于 1960 年 11 月 20 日左右。

按照这项协议，解放军进入缅境作战纵深为 20 公

解放军出境作战

里，这条分界线就是"红线"。两国的军队要协同作战，但解放军的军事行动不得超越这条"红线"。如此一来，解放军的作战时间、活动范围、侦察地形、敌情及群众工作、后勤诸多方面都要大受限制，将会给我军的作战行动带来不少新的问题。

协议签订后，昆明军区立即草拟制定了警卫作战方案：以三个战斗群、两个突击队，奔袭国民党残军的 16 个据点。然后将此方案送中央军委、总参审议。

中央军委和总参将国民党残军设在孟瓦、阵马、孟育、踏板卖的据点确定为重点打击对象，拟定了重点捕歼的 6 名国民党军、师级军官的名单。

毛泽东看了昆明军区报送的情报，发现南侧缅军兵力过于单薄，难于履行堵截配合作战的任务。因此，要昆明军区司令员秦基伟赶快同负责与缅军联络勘界保卫的丁荣昌联系商议，以妥善的方式，把我方的关注转告缅方。

昆明军区毫不迟疑地将这一信息传达给缅军，他们对中方的提醒表示感谢。

11 月 14 日，在周总理的指示下，军委正式下达了我军入缅作战的命令，并向作战部队强调：

> 这场战斗意义重大，只许胜、不许败；要将敌人歼灭，而不是只将他们击溃；要切断敌人的后路，将其包围，再加以歼灭。在兵力的

部署上，要将孟马、孟瓦和三岛地区作为重点；行动要迅速、突然，要选择有利的攻击点，要做好攻坚的准备，并有预备队；一定要严格遵守作战协议，不允许超越范围，如果敌人逃向老挝境内，不许追击；如有特殊情况，一定要与缅甸方面达成协议后才能行动；不得误伤普通百姓。

解放军出境作战

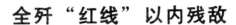

全歼"红线"以内残敌

接到军委命令后，昆明军区党委决定让十三军三十九师、十四军四〇师各一个团、云南省军区思茅军分区三个团共 39 个连约 6500 人参加这场跨国战斗行动。同时，力争将各项战前准备工作一一抓好。

为了统一指挥入缅作战部队的行动，昆明军区组成了以云南省军区司令员黎锡福为指挥、第十三军副军长崔建功、省军区副司令员丁荣昌为副指挥的前方指挥所，11 月上旬，于佛海设立指挥部。

此次作战正面为 300 公里，纵深为 20 公里，重点打击目标是国民党残军的一、四军军部和二、三、五、六师师部及所属的 8 个团部和 8 个行动组，约 800 人。

敌人拥有两个据点，大致上分三线部署：

我国国境线附近驻有敌第一军所属的第三师，共约 150 人，分别驻扎在孟瓦、孟育、孟景、景康等地。除景康据点外，所有据点都是正面以南洛河为屏障，背靠黑山森林。各个据点都修建了一些土木质工事和交通壕。敌人在通向我方的道路上埋下了地雷，还设置了行动组或情报组等，负责警戒。

第二线敌第四军在孟勇以东及以南地区进行布防，其中第四军所属三十五团约 200 人驻在 1404 高地上。

第三线为孟白了和江拉地区的柳元麟总部。有总指挥部、教导队、警卫团、通信营、后勤总部等，约650人。其武器装备既有老式武器，也有美式装备。

根据敌人的部署情况，我前方指挥所决定，本着分片包干的原则，采取多路远距离奔袭的方法，先切断敌人的后路，然后以分片合围的战术，全歼敌人。

具体部署是：

我十三军三十九师一一六团某部和一一七团进攻驻在孟马的敌四军军部，敌第六、二师和第五、十七团及4个行动组。敌人一共有334人，我方兵力为2646人。

我十四军四〇师一一八团进攻驻在孟瓦的敌一军军部、警卫营、第三师师部、第八团、第九团以及一个特务站。敌人一共有156人，我军参战兵力2835人。

思茅军分区边防十一团攻歼孟歇之敌第七团和一个行动组。我边防九、十团攻歼蛮窝敌第五师师部、第十四团及其第一团一部与两个行动组，敌人共有171人，我方共有1158人。

1960年11月21日晚21时30分，第一阶段的战斗打响了。

人民解放军22支突击队，迅速向残军的16个据点移动。据侦察，总参要求重点捕歼的敌军、师级军官，有5名在红线附近。

但敌首柳元麟，却不在这一区域。

秦基伟向昆明军区前线指挥部发出新的指示："打响

解放军出境作战

后，如敌逃跑，命令部队，马不停蹄，跟踪追击！"

根据敌人分点据守这一特点及其他具体分布情况，我军将全部参战部队分成 22 路，在 1960 年 11 月 22 日凌晨进入缅甸境内，采用远程奔袭、迂回包围、搜捕聚歼的战斗方略，分头向敌人奔袭。

打击的 16 个据点，时间最早的在凌晨 4 时 50 分就接火了，最晚的 7 时 50 分也开始交火。

由于解放军的打击行动出其不意，16 个据点，只有两个扑空。

我边防九团二连和边防十团的目标是敌人的曼俄乃据点。当天 5 时，战士们就到达了据点位置。发现敌人逃跑之后，马上更改了作战方略，让小分队在原地进行搜索，又派 4 个连向孟马方向追击敌人，在往南 10 公里远的地方和逃敌展开了战斗。

在不断地打击和搜捕之后，我军消灭了从曼俄乃等据点逃出的 33 名敌人，并击毙敌第五师师长李泰。

敌第四军在缅甸掸邦孟瓦和孟马的各个据点是我步兵一一七、一一八团及一一六团一营的奔袭目标。三十九师副师长阎守庆指挥一一七团分队出击，全歼了驻踏板卖据点的敌第二师部 60 人和驻孟歇据点的敌第七团团部 62 人，击毙了敌第二师师长蒙宝业和副师长蒙显。

四〇师副师长赵世英指挥一一八团分队出击，进攻孟瓦、景康、孟育、孟景的敌人，消灭了 100 多名敌人，俘虏敌第三师副师长兼八团团长叶文强。

激战了几个小时，我军全歼敌第二、五师师部和第七、八团团部，并消灭了第一军军部一部分和第三师师部的一部分。

然而，因为一些部队对这里的亚热带丛林的战斗特点研究不足，又因一些干部指挥不力，使 6 路迂回部队中有一半不能迂回到既定位置。

16 路正面攻击部队中的 7 路未能到达。但我军的参战部队都非常积极主动，寻找战机，和敌人展开了激烈的战斗。

最早打响的踏板卖据点，战绩最佳，全歼了守敌。敌第一军第二师师长蒙宝业被击毙。

5 时 40 分攻击曼俄乃据点虽然扑空，但在追击中，击毙了敌第四军第五师师长李泰。

残军不敢与解放军恋战，稍一接触就向密林深处溃逃，很快都逃离到红线区域以外。

解放军由于有在"红线"内作战的规定，只好在"红线"处停止追击。

秦基伟得到战报后，一面命令突击队在"红线"内清剿残军，一面向总参请求与缅方协商，同意我军越过红线追击敌第四军主力。

因涉及国际问题，中央的决定没有变更，攻击不得不在"红线"处终止。

在这场跨境战斗中，我军 16 个攻击目标中有 6 个被全歼，其他大部分被击溃，一共消灭 467 名敌人。我军

解放军出境作战

在追击和全面清剿的过程中，又消灭了部分敌人，攻陷了一些据点。

至 12 月 20 日，"红线"以内的国民党残军基本上已被我军剿清。

跨过"红线"协助缅军作战

解放军消灭国民党残军的有生力量之后，在缅甸军方的请求下，周总理指示我军作战部队留驻在缅甸境内，占据有利地形和战略要点，加强警戒，严防国民党军的袭扰，保证勘界工作的顺利进行。

国民党"反共志愿军"遭受我军重创之后，不敢再和我军作战，于是将锋芒转向缅甸军队。

力不从心的缅军于1961年1月18日晚，向我军勘界警卫联络官提出，请求我解放军协同他们歼剿缅甸境内"红线"以外的国民党残军。我军回应表示，必须向中央军委请示方可决定。

适值陈毅访问缅甸。缅方向陈毅提出：请中国人民解放军越过红线，南下百余公里，协助缅军作战。

19日，缅方得到周总理来自北京的回复：我们愿意参加这一联合作战的讨论。

21日下午，缅甸军方代表飞抵设在孟育的中国突击队指挥部，请中国人民解放军越过红线，攻击国民党残军的孟百了、江拉等重要据点，打掉残军的第三军和第五军，以解救被困在王南昆、芒林的缅军。

缅方的要求被迅速传往北京，总参随即就此进行研究。总参谋长罗瑞卿说："缅甸几次请示并催促我们参

解放军出境作战

战，可见他们现在处境困难。我以为要去就快去，送人情要早送。如果缅方吃大亏，受蒋残军重创，就会对我方有意见。在国际上，缅甸方面不怕，我们怕什么？马上通知前线部队抓紧准备。"随即，罗瑞卿将总参意见上报中央。

22日凌晨3时，昆明军区接到作战部转达的罗瑞卿指示：

> 已经原则上同意配合缅军作战。敌约4000，我们使用八个营、两个便衣队。孟百了两个营两个便衣队，孟百了以西两个营，索永两个营，重点是孟百了。我军尽量迅速出动。请缅军在芒林、王南昆咬住敌人，以待我军南下配合歼灭之。

当天下午，周恩来批准了中国部队越过红线解救缅军的作战计划。

15时，罗瑞卿要作战部通知昆明军区。他还指示：孟百了以西两个营不去了，以免口张得过大。争取在25日打响战斗。

总参作战部在向昆明军区下达作战命令的同时，重申了作战纪律：一切行动一定要按双方协议的范围实施；力求不伤害居民；一定不要到老挝边境作战；枪、炮弹不能过湄公河；湄公河的汽艇不能打；靠岸的确系蒋残军的可以打。

经过慎重研究之后，中央军委指示作战部队派 7 个营、6 个连、两个便衣队共 5800 人，于 1 月下旬发起第二次越境战斗，跨过"红线"向前挺进 50 公里，歼击部署于两国接壤边界缅方纵深的国民党残军。

23 日，昆明军区于佛海开设前方指挥所，十三军副军长崔建功为指挥，十四军参谋长梁中玉、军区政治部副主任段思英为副指挥。

根据中央军委的指示，前方指挥所领导决定：

由一一七团进攻驻在王南昆的敌第四军，第二、九、十、十一师，教导总队第七大队，重兵器大队。敌人总兵力为 1270 余人，我军参战兵力 2966 人。

由一一八团进攻敌南线总部直属队、警卫团、教导总队、教导总队二大队、第三军三十五团、军官训练团等部。敌人共 1200 多人，我参战兵力为 3012 人。

思茅军分区部队边防十、十一团进攻敌人的索永指挥所，第二军军部，驻在大棱河渡口的一军军部七、八、三师等。敌人总兵力为 682 人，我参战部队为 1420 人。

根据中央军委和昆明军区前方指挥所的命令，解放军各部队于 1961 年 1 月 25 日开始出击。跨过第一次和缅甸联合作战的勘界线以后，战士们分头奔向湄公河以西、以北地区各自的攻击目标。

自 25 日开始的第二阶段作战，不如第一阶段顺利。因为解放军对纵深地段的地形不熟，容易迷失方位，原

解放军出境作战

始山林阻滞了我军奔袭的速度，而残军具有丛林战的经验，地形又熟，占了一些便宜，解放军的伤亡人数，比第一阶段要多些。

经受了解放军第一次打击的国民党残军，在逃出"红线"时，便制订了"遇解放军攻击即逃，在逃中顽抗，以顽抗掩护逃脱，如解放军穷追不舍，就退入老挝境内暂避"的"保山计划"。因此，当国民党残军获悉解放军继续南下进击的情报后，便主动放弃了对王南昆缅军的围困，渡过湄公河，向老挝境内逃窜，被困的缅甸国防军才转危为安。

在两个阶段的作战中，解放军共歼敌 740 人，击毙敌师长 2 人，活捉敌副师长 1 人，捣毁了逃缅国民党残军经营了 10 多年的巢穴，协助缅甸政府解放了拥有 30 多万人口、3 万多平方公里的土地，保障了勘界工作的顺利进行。

缅军发动"湄公河之春"战役

1961 年 1 月，缅甸政府出动 3 万大军，在飞机、大炮的配合下向国民党"反共志愿军"发起了大规模的进攻。缅甸国防部将这次战役命名为"湄公河之春"。

缅军调集了 9 个营约 1 万人，沿湄公河以西，由西南向东北推进。

自称"丛林游击战专家"的柳元麟，决意以"引蛇出洞，将缅军诱入王南昆狭窄低洼地带伏击"的战法，瓦解缅军的攻势。打算先伴装节节败退，诱使缅军一步步落入其圈套。

国民党残军伴装败退，放弃了对他们非常重要的东腊摩山阵地。缅甸军队士气高涨，急着要打通猫儿河谷，攻陷江拉附近的江腊机场，把驻在江拉的国民党残军总部驱逐过湄公河。

不料缅军开到猫儿河谷时，遭到了国民党残军的伏击。激烈的枪炮声突然打破了河谷的宁静，无数流弹迅速地从空中掠过，大口径机枪震耳欲聋地吼个不停。迫击炮弹不停地在缅军士兵群中爆炸开来。

缅军用 75 口径大炮轰击对方，冰雹似的炮弹飞到国民党残军的石墙阵地上。顿时黑烟弥漫，大树被击倒，碎石屑四处纷飞。

解放军出境作战

石墙阵地争夺战正式展开，缅军主力集结，急着要歼灭面前的敌人。激战到夜晚，熊熊的大火染红了天空。缅军的战机赶来参战，6架"海王式"战机呼啸着向国民党残军轰炸扫射。

缅军采取灵活的战术，将正面进攻改为佯攻，同时暗中派兵向对方的阵地两侧迂回偷袭。最后缅军主力将对方部队打得伤亡惨重。

这样打下去，对国民党残军应该是非常不利的，因为缅军可以靠空投获得弹药等物品的补给，而且他们的外线部队一合围，国民党残军的处境就很恶劣了。然而，国民党残军并没有像往常那样打了就跑，而是拼命坚守阵地，摆出与缅军血战到底的样子。

解救 "草海子" 危机

　　缅军与国民党残军激战正酣时，缅军的情报部门抓获了一个国民党残军俘虏，在司令官的审讯下，这个俘虏供出，他们正奉命把炸药运到一个被称为"草海子"的地方。

　　司令官吓了一跳，急忙在地图上查找这个"草海子"，可是没有找到。这张地图是以前英国人绘制的，金三角这地区不易测绘，所以就出现了遗漏的地方。

　　不过从这一带的山民口中，缅军司令官得知猫儿河谷有一条支流，旱季干涸，可以在河床上行走，该支流上游的确有一个湖泊，就叫"草海子"。

　　司令官立刻就明白过来，国民党残军为什么拼死和他们在这里对抗了，原来是想把他们滞留在这里。其实很简单，对方只要把草海子炸开，使湖水飞泻而下，就能把缅军官兵冲到湄公河中去。

　　国民党残军的动机被识破之后，双方又展开了激烈的草海子争夺战。双方都杀红了眼，在每座山头上都进行了疯狂的恶战，一处阵地往往是不断地争来夺去，官兵死伤得再多也在所不惜了。

　　空军经过侦察后向缅军司令报告，敌人正在水坝的出口处凿洞安炸药。这水坝乃是地震之后形成的石坝，

解放军出境作战

要将其炸开，必须要用大量的炸药。

缅军上下都意识到他们正面临着一场可怕的灭顶之灾，于是都不顾一切地与敌人进行惨烈万分的恶战。在缅军指挥官的指挥下，士兵们奋不顾身地向前拼杀，森林中燃起了熊熊大火，战事整日整夜都未曾停息，枪炮声和喊杀声震动了天地。

国民党残军的士兵亡命徒一样在身上捆着炸药，冒死运向水坝那边。缅军的枪炮打爆了炸药包，于是运炸药的人化作一团血雾并消失在空气中。

就在此时，中国人民解放军部队就驻扎在金三角战场北面的"红线"以外，正做好随时出击的准备。缅军已经无力阻止对方的行动了，只要国民党军将炸药装满并引爆，整个缅甸就将大难临头了。

可见，国民党残军已经到了狗急跳墙的疯狂地步了。

在这千钧一发之际，缅甸司令官急忙向我解放军发出求救信号。

缅军的求救信号一发出，国民党残军最担心的事情立刻发生了。我解放军部队迅速越过"红线"，向国民党残军负责北线警戒的部队发起了强势攻击。

7小时之后，国民党残军就被我军击溃了。

七、 中缅边境归于安宁

● 解放军战士们得到了丛林作战的实战锻炼，顺利完成了中央军委交予的战斗任务。

● 蒋介石问："你们运往老、缅边境的物资，是否将所有的标志都除掉了？"

● 国民党残军频频派遣特务在云南边境进行"突击破坏"，受到了我边防部队和人民武装的严厉打击。

柳元麟逃亡老挝

柳元麟心急如焚地赶到前线指挥部，一开口就向段希文发问："段军长，我们至少还要几天才能干掉缅军？"

段希文说："最少还要 5 天。"

柳元麟着急地说："5 天太迟了！能不能 3 天？"

段希文无奈地说："不行，单是凿开石坝，再安上炸药，5 天已经是最快的了。炸药的量不够，是炸不开石坝的。"

是不是要放弃炸开草海子冲走缅军的计划而撤军避开解放军的锋芒呢？这些国民党残军将领为难极了。

柳元麟一咬牙，说："段军长，你能不能在 3 天里炸开石坝？就 3 天……我将总部警卫师交由你指挥。"

段希文却说："总指挥，想消灭缅军，最好是你替我抵挡共军，再争取两天的时间。"

柳元麟一愣，一时哑口无言。

一会儿，他又问钱运周："共军最多要几天能开到预警线？""预警线"指的是国民党残军可以安然撤到老挝的最近距离。

钱运周用手指在军用地图上指点着说："离这儿最近的两支解放军部队分别从孟由和罗云方向开来，由孟由穿越森林开到猫儿河谷最少要 5 天，而另一路最多需一天。要是解放军想直接向江拉总部进攻，那更是需要七天的时间。此外，还有第二军在阻击解放军，所以，解放军到达预警线会更迟一些。"

"好！"柳元麟精神一振，对段希文和第三军军长李文焕这样说道，"两位军长，你们都听到了吧。你们和共军交手的次数也不少了。我已经给第二军下了军令，令他们无论如何，都要坚守孟由和罗云48小时，违令者将以军法处置。"

大家都不说话。

一位参谋送来一份电报，柳元麟看完后更加亢奋，大声读起电文来："国防部电令，我军务要团结战斗，全歼敌人主力，不得有误……本人现以总指挥身份下令，第三、五两军，务必炸开草海子，一星期内歼灭缅军，之后再转移部队。第一军和第二军在北线阻止共军的进攻，以保证猫儿河谷战役的胜利。"

可是，在孟由和罗云的第二军部队只抵挡了七八个小时就撤退了。国民党军一心只想着要逃跑，他们熟悉地形地势，很快就逃脱了。

有了明确的作战目标，解放军迅速向国民党军的总部江拉挺进。

柳元麟获悉解放军是经无人区进军时，马上万念俱灰了。无人区到这一带的距离最近，解放军从这条距离最近的路线进攻，就能大大缩短奔袭的时间。

柳元麟不得不改变自己的计划，向钱运周发令："将

中缅边境归于安宁

江拉的一切渡船和木筏都征集起来，令第一、二、四军靠拢总部，明天开始渡河，撤往老挝。"

他又对钱运周说："你曾经说过，解放军要一星期的时间才能到江拉。但是，一般情况下才会这样。现在缅军的处境非常危急，解放军要救援他们，因此，解放军行军的时间不会再是一星期，而是一星期的一半——三天半！"

钱运周问："总指挥，是总部先撤走吗？"

柳元麟说："命后勤辎重先撤，接着是第一军、第二军、第四军，总部在最后。"

柳元麟并没有提第三和第五军，钱运周谨慎地问："总指挥，猫儿河谷的官兵……是不是该……"

柳元麟冷冷一笑，说："你再用总部的名义给段希文和李文焕两军下令，说我军已经阻止了解放军的攻势，目前正在孟由交战，命令他们两军一定要把缅军消灭，不得违令。"

钱运周大吃一惊，他表面上听从柳元麟的吩咐，暗中却派人秘密通告段希文和李文焕，告诉他们总部撤退的时间。

国民党残军大撤退开始了。江拉的戒备十分森严，值勤巡逻的宪兵比比皆是。撤退下来的部队一支支地集中在渡口，江拉的民工日夜不停地将官兵们和物资运往湄公河彼岸。

这次大撤退，国民党残军渡过了湄公河，离开了缅

104

甸的国土，登上了彼岸的老挝琅南塔省西北部边境山区。

第四天，我解放军首批身着迷彩作战服的突击队赶到了江拉山头上，另一支突击队经过几昼夜的奔袭抵达江腊机场时，却已经看不见一个敌人了。

猫儿河谷中，与缅军激战的段希文第三军和李文焕第五军也没有坚持到最后，他们得悉钱运周的情报后，也匆匆地撤离了战场。

他们撤军前引爆了炸药，但由于炸药填装得不足，仅将"草海子"炸开一道口子。一部分湖水冲泻而出，一些逃得迟的缅军官兵，被湖水冲走了。猫儿河谷也暂时成了一条湍急的水道。

国民党残军第三军和第五军撤得太匆忙了，连回首看一下那些被湖水吞噬的缅军官兵也顾不上。他们取道泰缅边境，进入老挝境内，和总部会合到一起。

我解放军突击队很快就进入了猫儿河谷。由于国民党残军已经撤走，突击队战士们打击敌人的任务就变成了救援洪水中的缅军官兵了。于是，解放军官兵一个个争先恐后地跃入河水中。

这场战役就这样结束了。

缅甸政府对外宣布："湄公河之春"战役战果辉煌。缅军收复了被国民党残军占据的地区，捍卫了国家的主权，已经将敌人驱逐出境，消灭了一大祸害。

经过两次在缅甸境内的作战，中国人民解放军剿清了作战区域内的国民党残军，协助缅方收复了已经被国

中缅边境归于安宁

民党残军占据 10 多年的 3 万多平方公里、人口约 30 万的地区。这使中缅联合勘定国界线的工作能够顺利进行，同时促进了中缅两国友好关系的发展，扩大了我方的政治影响。

解放军战士们得到了丛林作战的实战锻炼，顺利完成了中央军委交予的战斗任务。

逃到老挝的残军撤往台湾

撤退到老挝的国民党残军，再次引起东南亚各国的强烈抗议。

由于江腊机场已被解放军占领，台湾当局秘密与老挝政府协商，借得边境孟信、南他、回寨一线暂居，并加紧空投补给。由于怕空投物资被人发现引起争议，要求在台湾装机前把一切显示"中华民国"的标志都销毁。

1960 年 2 月的一天清晨，赖名汤突然接到蒋介石的电话，蒋介石问："你们运往老缅边境的物资，是否将所有的标志都除掉了？"赖名汤回答："是的！"

蒋介石却冷冷地说："缅甸政府已得到你们所投下的东西，上面仍有'中华民国'的标志。"

缅甸政府根据台湾仍然在给缅甸国民党残军空投物资的事实，正式向联合国提出控诉。联合国再次作出决议，要求台湾蒋介石政权将在老缅边境的部队撤回。

2 月下旬，蒋经国命令赖名汤前往泰国和缅甸，把军队撤运回台湾。为此，3 月 5 日，赖名汤带领 12 人的接运小组从台湾乘机飞往泰国曼谷。

赖名汤一行人到达残军总部后，见到总指挥柳元麟。柳元麟直言相告：愿意撤台的人数可能很少。

在老、泰、缅三国交界的丛林中，赖名汤一连 5 日苦口婆心地劝说官兵们服从撤台的命令。最后，赖名汤宣布不愿意撤台而自行留下的，今后一切活动自行负责。

最终，柳元麟总部及下属第一、二、四军部分官兵经由老挝、泰国空运到了台湾，李文焕、段希文则没有率部队撤到台湾。李文焕名为第三军军长，实际统辖不过1000多人，又非正规军人出身，他考虑到回了台湾就保不住军长职位，便以路途远为借口拒绝了。

第五军军长段希文虽然是军人出身，父亲曾是云南籍的国大代表，本人也多次到台湾见过蒋介石，他本人愿意遵从命令撤到台湾，但部属多是云南人，且在当地成家，多不愿意去台湾，因此也没有撤退。

台湾对段、李抗拒命令的行为感到十分恼怒，台湾"国防部"发言人声称：撤军已告完毕，"云南人民反共志愿军"番号取消。所剩残余数千人，均为擅自脱离部队者，台湾方面不为其行动负责。从1961年3月17日到4月30日，撤走国民党残军4406人。

在撤往台湾前，按照台湾的命令，将台湾中央情报局派在金三角的高级特务、上校团长张苏泉及300名骨干留下，以图日后东山再起。

后来，张苏泉带领部下投靠了坤沙，帮助坤沙训练军队，并消灭、收编了金三角地区的其他贩毒集团，制造了一个震惊世界的毒品帝国。

留在金三角的残军落足泰国

包括段希文的第五军和李文焕的第三军在内，留在金三角的国民党残军共有 5000 多人。

段希文，云南宜良县大渡口村人，1929 年毕业于云南陆军讲武堂第十九期步兵科，先后在滇军四团、五团任职。1949 年任国民党二六五师师长兼武汉警备司令。

1950 年，段希文抵达香港，邂逅李弥等人后，被邀前往泰缅边境参加蒋军残部。7 月，段希文转往曼谷，加入蒋军残部，开始了异域的军旅生涯。

国民党残军撤走时，为了控制利用段希文和李文焕，蒋介石曾令驻泰国清迈的代表杨文湘传达台湾对他们的"关怀爱护"之意，要求段希文、李文焕服从命令将部队撤回台湾。

可李文焕拒绝了，他对第三军的官兵们说："别人撤往台湾，是别人的事，我们第三军是不能撤的，我要把弟兄们留在这里，因为弟兄们到了台湾，就再也无法回家，再也见不到父母亲人了。"

杨文湘向台湾方面报告："李文焕是不会把他的部队拉去打大陆的，他要用部队去做他自己的大烟鸦片生意。"

有一次，段希文设宴款待台湾重要人士时表示："有

中缅边境归于安宁

人说我违背上司命令是不对的，也正是这样才造成我们目前的困境。要是他们上面需要我，我会尽心尽力，不然的话，我只希望办清一切手续，候命行止。"

于是台湾从此不再给第三、五军提供补给了。

刚一开始，段希文和李文焕想在老挝北部建立根据地，但老挝军方出动飞机、部队进行拦截，第三、五军不得不落荒而逃。段、李想重返缅北，但缅军早已严阵以待，只会予以痛击。

此时的国民党残军，痛失根据地，内部分裂，情报不灵，到处被动挨打，简直如丧家之犬一般。

在老军和缅军的围追堵截下，残军第五军、第三军狼狈逃窜，一路向南。当缅、老军队发现残军确实要离开老挝和缅甸准备进入泰国后，便主动停止了追杀，"友好地"尾随相送。

1961 年 10 月，经过数月的艰苦行军，残军终于走出老、缅的原始森林，进入了泰国北部的龙帕山脉。

第五军走到一座小山谷时停下来，段希文望着眼前郁郁葱葱、一片祥和景象的泰北丘陵，对人困马乏的部下说："不走了，就是这里，打仗也不走了。"

段希文给这座小山起了个名字：美斯乐。美，泰语"村子"，斯乐，泰语"和平"，即"和平村"之意。

尾随五军后面的第三军在军长李文焕的带领下，在美斯乐西面几十公里一个叫塘窝的山坳定居下来。

对于闯入境内的国民党残军，信奉佛教的泰国王和政府，并没有出动军队围剿，而是允许残军在这里暂住，还送去大批粮食。

泰国王的仁慈和泰国政府的宽容，使走投无路、处处挨打的第三军和第五军终于有了一个可以安身保命、休养生息的落脚点。

段希文和李文焕十分珍惜这来之不易的局面和处境，对部队发布了异常严厉的命令，不许下属官兵扰民，后来还亲自枪毙了几个违反军纪的军官和士兵，所以他们和泰军在很长一段时间里相安无事。

中缅边境归于安宁

粉碎武装特务的"突击破坏"

国民党残军撤往台湾后，留下来的各部残军各自为政，在金三角各据一方称王称霸。

可他们很快就陷入生活补给方面的困境中，不得不重新寻找出路。

残军原第二十五师师长曾德兴便带着部下500多人，流窜到老挝境内，归附了老挝的右派武装。

残军马俊国一部归顺了台湾情报局，被改编为"滇西行动纵队"，成为一支特务武装。

吕维英则拉起了一支雇佣部队，受雇于老挝政府，助其清剿反政府武装。

想不到的是，老挝左中右三方经过一番谈判之后，雇佣军竟成了他们的打击目标。

一场恶战使雇佣部队溃不成军，幸好吕维英得以逃生，后来和屈鸿斋部投入段希文的第五军，成立了"东南亚反共志愿军"。

1963年，为了配合中印边境武装冲突及东南沿海的军事窜扰，蒋介石派情报局副局长沈之岳、特情室主任徐仁隽、监察委员段克昌等人，先后到泰国视察第三军和第五军，承诺给他们恢复补给，条件是要第三军和第五军窜扰云南边境，搞政治攻势。

段希文和李文焕为获得台湾补给，从 1963 年到 1966 年 9 月 30 日这段时间，频频派遣小批部队窜扰云南潞西、孟连、沧源、镇康等县。

在我军边防部队的反窜扰行动中，段、李两军被击毙 27 人，还有 11 人被俘虏。

然而，台湾的蒋介石贼心不死，对部下很不满意，命令段、李两部尽一切努力加大行动力度，不然就停止提供补给。

但段希文和李文焕最终还是终止了对我边境的窜扰，原因是感到窜扰行动太耗费时间，而且损失很大，希望也十分渺茫。

1966 年 10 月和 1967 年 3 月，蒋介石父子两次召段希文和李文焕赴台湾，商量关于窜扰云南的事宜。

1968 年 3 月，罗汉青代表台湾当局前往泰国，发给第三、五军两万美金以示慰问，并继续商讨窜扰云南的问题。

这年年底，段希文又被台湾当局召见。

1969 年 5 月，蒋经国亲自来到泰国，7 月，又派参谋次长易瑾、特种作战部队司令夏超赴泰国和段希文、李文焕商谈补给和整编的事宜，条件是要兵不要官，而且只要年轻健壮的士兵。部队整编之后，由易瑾、夏超、项成豪分别担任正副指挥官和参谋长。

段希文和李文焕召开军官会议进行研究，都认为台湾当局提出的条件其实是要夺去兵权，于是不同意接受

中缅边境归于安宁

113

台湾方面的改编。

第二年 1 月，台湾"国家安全局"局长周中峰、情报局局长叶翔之又抵达泰国，仍然是为第三军和第五军接受改编的事。

一方面，段希文和李文焕很希望获得台湾方面的补给；另一方面又担心改编之后对己不利，一直举棋不定，迟迟没有正式表态同意改编。

1966 年到 1972 年，国民党残军频频派遣特务在云南边境进行"突击破坏"，其中有记录的就有 60 多次，22 次受到了我边防部队和人民武装的严厉打击，一共被歼 405 人。

1967 年 3 月 12 日，解放军云南省军区步兵第十团，收到关于境外的国民党特务分子将由叭戞地区潜入我境内进行"突击破坏"的情报后，立即派出三营营长李增寿带领一支 171 人的小分队，在景洪县公安局 8 人的协同配合下，于当天晚上，到叭戞地区的播掌东北方位进行埋伏。

19 日，果然有两名特务潜入我境内，埋伏了两天两夜的我小分队马上将他们逮捕。

特务供出，还有另外三名特务将会被他们带领进入大陆境内。

在我军的政策面前，一名特务表示愿意立功赎罪，去把另外那三名特务引诱过来。

当他把另外三名特务带到我小分队伏击圈时，小分队和公安局的战士们马上猛扑过去，活捉了两名特务，一名特务企图逃跑时被击毙。

在这次行动中，我方缴获一部电台，一本密码及六支手枪。

在与国民党派遣入境特务的斗争中，民兵联防武装发挥了重要的作用。他们紧密地配合着边防部队，组织起一张张严密的大网，使敌人有来无回。

1971年，两名特务在畹町境外窥探了整整三昼夜，不敢贸然越境。最后，乘着夜黑如漆，这两名特务悄悄地潜入我境内，可马上就成了我向阳二队民兵的俘虏。

这一年的7月，盈江县芒线勐俄泰的两个民兵班奉命在铁桥伏击妄图进入我境内进行破坏的美蒋特务。两个班的民兵们在荒野外埋伏了一个多月的时间。等特务们刚刚进入埋伏圈，民兵们立刻如猛虎般地跃出，把"美新处"昔董站的特务组长杨世才一伙人生擒活捉。

还有一次，上级下达了"敌特入境"的通报后，勐海县西定公社民兵营佤族副营长岩养立即背起冲锋枪，很快就把一个武装民兵班的战士集中起来，徒步跑到指定位置埋伏起来。这次行动，岩养和民兵们在荒山野林中搜剿了半个月，最后成功地捕获了7名潜入境内的特务。

我边防军民不断地重拳出击，使国民党特务分子不得不有所收敛，潜入我边境进行"突击破坏"的活动也一年比一年减少了。

中缅边境归于安宁

1964 年夏季，段希文、李文焕两部倾巢出动，打通了萨尔温江走私通道。经他们武装护送的马帮开始源源不断地将各种走私品送达老挝、泰国和缅甸以及周边国家。

段希文和李文焕迅速同泰国政界要员建立了关系，彼此间心照不宣。随后，泰国政府决定请第三军、第五军帮忙清剿反政府武装。这样，第三军和第五军大部分便逐渐归顺了泰国政府。

残军中流散的一部分人则加入了贩卖鸦片毒品的行列，成为金三角臭名昭著的毒贩子。少数国民党军残余分子，基本散布到民间，有的匿入山林东躲西藏；有的甚至干脆脱下军装，武装贩运鸦片；也有的娶妻生子，做起了土著。国民党残军遭到毁灭性打击后，中缅边境地区出现了和平、安宁的景象，两国人民迎来了和睦相处、友好往来的新时代。

就这样，曾经"轰轰烈烈"的国民党残军，最终一个个落得了可耻的下场。

参考资料

《国史全鉴》本书编委会编 团结出版社

《共和国五十年珍贵档案》中央档案馆编 中国档案
　　出版社

《共和国之战》李建编 中国社会出版社

《杨成武回忆录》杨成武著 解放军出版社

《陈赓传》《陈赓传》编写组 当代中国出版社

《陈赓大将》尹家民 解放军文艺出版社

《大剿匪》李伟清等著 团结出版社

《西南大剿匪》欧杜主编 国防大学出版社

《中国大剿匪纪实》罗国明著 江苏文艺出版社

《险恶人生：民国土匪大写真》李灵编 团结出版社

《全国大剿匪》军科院军史所编 军事科学出版社

《中缅联合勘界警卫作战纪实》陈辉编写 《湘潮》
　　杂志